**外语学术普及系列**

# 什么是后现代主义文学

周 敏 著

上海外语教育出版社
外教社 SHANGHAI FOREIGN LANGUAGE EDUCATION PRESS

## 图书在版编目（CIP）数据

什么是后现代主义文学 / 周敏著.
—上海：上海外语教育出版社，2014（2021重印）
（外语学术普及系列）
**ISBN 978-7-5446-3617-9**

Ⅰ. ①什… Ⅱ. ①周… Ⅲ. ①后现代主义－文学研究 Ⅳ. ①**I109.9**

中国版本图书馆CIP数据核字（2014）第015188号

出版发行：**上海外语教育出版社**
（上海外国语大学内）　邮编：200083
电　　话：021-65425300（总机）
电子邮箱：bookinfo@sflep.com.cn
网　　址：http://www.sflep.com
责任编辑：苗　杨

印　　刷：江苏凤凰数码印务有限公司
开　　本：850×1168　1/32　印张 5.25　字数 139 千字
版　　次：2014 年 4 月第 1 版　2021 年 1 月第 4 次印刷

书　　号：ISBN 978-7-5446-3617-9 / I・0262
定　　价：**16.00** 元

本版图书如有印装质量问题，可向本社调换

质量服务热线：4008-213-263　电子邮箱：**editorial@sflep.com**

## 外教社外语学术普及系列
# 出 版 说 明

"外语学术普及系列"是上海外语教育出版社专门为外语语言学和文学方向学习者策划出版的一套入门级学术读物,主要分为语言学和文学两大部分,涵盖了这两个研究领域的众多分支,作者多是外语语言学与文学领域的知名专家和教授。

我们希望通过解惑的方式达到传道授业的目的,所以力求简明扼要、浅显易读。本系列每本书均以问答的形式讲解学术领域的专业内容,语言学部分的分册每本包含约 80 个问题;文学部分的分册每本包含约 60 个问题以及 1 篇代表性文学作品的阅读赏析,每册书后均附有中英文对照的术语汇总,以期给读者提供更便捷的阅读参考。

相信本套丛书的出版能满足对语言学、文学研究感兴趣的读者的阅读需求,引领他们进入外语研究的学术园地。

# 目 录

**前言** / i

## 一、理论篇 / 1

1. 什么是后现代主义？/ 1
2. 什么是后现代性？/ 5
3. 后现代主义是否只意味着"解构"和"破坏"？/ 7
4. 后现代主义与现代主义之间有何联系？/ 9
5. 后现代主义与浪漫主义之间有何联系？/ 11
6. 什么是后现代女性主义？/ 13
7. 什么是后结构主义？/ 15
8. 耶鲁学派的主要批评思想是什么？/ 16
9. 什么是互文性？/ 19
10. "作品"与"文本"有何区别？/ 21

## 二、综合篇 / 24

11. 后现代主义文学与现代主义文学之间是什么关系？/ 24
12. 后现代主义文学的发展经历了哪些主要阶段？/ 26
13. 后现代文学兴起的历史文化背景是什么？/ 27
14. 后现代主义文学兴起的主要哲学背景是什么？/ 30
15. 如何理解后现代主义文学中的"反讽"？/ 32
16. 什么是"元小说"？/ 34
17. 什么是"编史元小说"？/ 37

18 什么是"黑色幽默小说"？／40

19 什么是"超文本小说"？／43

## 三、国别篇 ／45

20 法国后现代主义文学的主要艺术特征是什么？／45

21 德语后现代主义文学的发展历程和主要艺术特征是什么？／47

22 英国后现代主义文学的主要艺术特征是什么？／48

23 俄罗斯后现代主义文学的发展过程和主要艺术特征是什么？／49

24 加拿大后现代主义文学的主要艺术特征是什么？／52

25 拉丁美洲后现代主义文学的发展过程和主要艺术特征是什么？／53

26 日本后现代主义文学的发展过程和主要艺术特征是什么？／55

27 西方后现代主义文学对中国文学有何影响？／56

## 四、诗歌、戏剧篇 ／60

28 后现代主义诗歌的主要艺术特征是什么？／60

29 后现代主义诗歌有哪些主要流派和代表诗人？／61

30 后现代主义戏剧的主要艺术特征是什么？／64

31 《嚎叫》体现了什么样的后现代主义特征？／66

32 《秃头歌女》有何后现代主义特征？／68

33 尤内斯库在后现代剧作方面有哪些贡献？／70

34 贝克特的戏剧表现出哪些后现代主义特质？／72

## 五、小说篇 ／74

35 谁是唐纳德·巴塞尔姆？／74

36 《白雪公主》有何后现代主义特征？／75

37 谁是约翰·巴斯？／77

38 《迷失在游乐场》有何后现代的叙事特征？／79

39 谁是托马斯·品钦？／82

40 如何理解《V.》所表现的历史与现实的不确定性？／84

41 谁是罗伯特·库弗？／85

42 《公众的怒火》体现了什么样的后现代政治观？／87
43 谁是库尔特·冯内古特？／89
44 《五号屠场》体现了什么样的后现代时间观？／90
45 谁是E·L·多克托罗？／92
46 《大进军》体现了什么样的后现代历史观？／94
47 威廉·加斯的后现代创作有何特征？／96
48 唐·德里罗的后现代创作有何主要特征？／99
49 《一个后现代主义者的谋杀》后现代了什么？／101

## 六、总结篇 ／ 103

50 后现代主义文学的主要艺术特征是什么？／103
51 后现代主义文学体现了怎样的语言观？／106
52 后现代主义文学体现了怎样的人物观？／107
53 后现代主义文学体现了怎样的情节观？／108
54 后现代主义文学体现了怎样的叙述观？／109
55 后现代主义文学体现了怎样的历史观？／111
56 后现代主义文学体现了怎样的主体观？／112
57 后现代主义文学批评体现了怎样的作者观与读者观？／114
58 后现代主义文学体现了怎样的真理观？／116
59 后现代主义文学终结了意识形态吗？／116
60 如何评价后现代主义文学？／118

**作品评析** ／ 121
**参考文献** ／ 143
**术语汇览** ／ 149

什么是后现代主义文学

# 前 言

　　尽管后现代主义文学可以追溯到17世纪的《唐·吉诃德》和18世纪的《项笛传》,但它作为一种创作主流滥觞于20世纪50年代,与后现代主义哲学几乎是同步成为时代的主要思想文化特征。虽然很难给后现代主义下个定义,但说起后现代主义哲学,首先浮现于人们脑海的可能是诸如主体的解构、宏大叙事的消失、能指的漂浮、深度模式的削平,诸如对统一理性的怀疑、对二元对立模式的解构,等等。所有这些话语都似乎暗示着对笛卡尔以来的认识论的反认识。一时间,后现代主义仿佛变成了反认识论的同义词。其实,后现代主义所反对的只是认识论框架内主体的绝对支配地位,而不是认识论。我们认为,后现代主义哲学是一种新的认识论,一种似乎没有主体或自我的认识论——原先那个认识论哲学的主体或自我并不纯粹,总是与历史、文化和意识形态等因素混杂在一起,因而是有局限的、待解构的。同样,后现代主义文学也并非单单是"拼贴"、"戏仿"和"元叙述"等,它也有自己的建构、反思与深度,它的差异观与多元主体观、它的反西方中心论与多元文化思想直接影响并促成了女性主义文学、后殖民文学以及生态文学的兴起。后现代浪潮席卷之处,一切二元对立的套路,不拘是历史与叙述之间、东方与西方之间、男性与女性之间、自然与文化之间、进步与落后之间等等的对立话语都一并遭到怀疑,崛起的不只是先前二元对立中的弱势群体,更出现了许多"第三空间"的种种混合叙事。

表面看来,后现代主义极力反对现代主义的深度神话,不再相信所谓的孤独感、焦灼感等深度意识,怀疑乃至否定文学的价值论和本体论;它不再追求终极价值,不再愿意对重大的社会、政治、经济、道德、伦理、美学等问题进行严肃而认真的探究,不再试图赋予世界以意义,其价值之维转向中立,追求所谓"零度写作"和文本的嬉戏。然而,这些观点只是对后现代主义文学的一种片面认识。实际上,在后现代主义文学众声喧哗的文本操演背后的绝不只是一种"怎么都行"的消极世界观,后现代文本也绝不能被简化为深度模式的消失、能指的嬉戏、碎片的粘贴,或对经典的戏仿等,正如我们不能把后现代主义约减为对认识论的拒斥一样。有必要指出,后现代主义文学从来没有抛弃文学的社会功能,如果说现代主义文学是在与日常生活保持距离之处实现了对现实的批判,后现代主义文学则是深入到了社会现实的内部,以拥抱日常生活的方式实现着艺术对后现代现实的抵抗。然而,后现代主义文学对日常生活的拥抱绝不等同于现实主义文学所声称的对生活的模仿和真实再现,后现代所拥抱的现实是扭曲变形、支离破碎的,甚至是"穿越"历史的,它们拼贴混搭在一起,共同编织出了光怪陆离的后现代状况。后现代主义文学,就这样在看似远离生活的生活最深处,体现出强烈的现实关怀和意义机制。

作为一本介绍后现代主义文学的入门读物,本书依照丛书体例设计了60个问题,共分为六大部分。在理论部分着重辨析了与后现代主义文学关系密切的一些理论概念,特别是教学过程中常常令学生们感到困惑的问题,比如什么是后现代主义、什么是后现代性,以及什么是后结构主义等等,这一部分还介绍了后现代主义文学的批评话语中常用的一些批评概念,并对之进行了意义辨析,比如互文性、文本等。教学中我们发现不少学生并不清楚从几时"作品"变成了"文本"、到底什么是解构主义批评,因此本书的第一部分主要针对学生们诸如此类的困惑来组织问题。第二部分主要由后现代主义文学的发展背景和一些文类概念构成。第三部分聚焦于不同国家的后现代主义文学的发展状况和艺术特征。与以往将后现代主义文学等同于后现代美国小说不同,本书试图呈现出后现代主义文学的复数形式。同样是在复数的后现代主义文学的思想指导下,我们还在第四部分讨论了后现代主义戏剧和诗歌。第五部分专门介绍了当代美国一些著名的后现代小说家和他们的代表文本。本书第六部分是对后现代主义文学的艺术特征的总结和深化,主要探讨了后现代主义文学所反映的主体观、情节观、叙述观、真理观、人物观等,并阐述了我们对后现代主义文学的评价。

这样一本小书当然不能包括后现代主义文学的全部,那不仅因为作者力有不逮(这是实情,因此格外感谢虞建华教授的推荐、上海外语教育出版社的信任以及上海外国语大学校级培优项目的支持),也有违后现代的"本质"特征。如果有人胆敢如此宣称,他就一定不了解后现代的"真"意。我们相信德里达的"增补"逻辑,相信读者的参与才能真正实现一个文本的使命,读者诸君的参与也必将赋予她更加丰富的生命力度。

现在,就让这本《什么是后现代主义文学》开始她的文本之旅吧!

外教社外语学术普及系列

**什么是后现代主义文学**

# 一、理论篇

## 1 什么是后现代主义？

后现代主义（postmodernism）乃当代西方最为重要的思想运动之一，是20世纪除了马克思主义之外影响最为广泛的一种文化思潮和思维方式，甚至就连马克思主义也深受它的影响，伊格尔顿（Terry Eagleton）、詹姆逊（Fredric Jameson）等都是后现代马克思主义者。1985年，在《走向后现代主义》（Approaching Postmodernism）的前言中，佛克马（Douwe Fokkema）和伯顿斯（Hans Bertens）写道："后现代主义这个术语给文学史带来不少困惑，甚至人们还未来得及确定其意义，它就已成了一个家喻户晓的用语。"[①]今天，后现代主义即使不算是明日黄花，也断没有二十年前那样风光无限了。但在后现代主义几乎尘埃落定的今天，要给它下个定义仍非易事。我们看到，一部《后现代主义辞典》（王治河，2004）竟也没有给出"后现代主义"之定义。其实，不可定义性正是后现代主义的主旨之一，因为它反对的正是源自启蒙思想的统一理性。后现代主义本质上是一种新的启蒙观念，否定关于真实世界的客观知识，否定语言或文本所具有的单一意义，否定人类自我的统一，它否定在理性探索与政治行为、字面意义与隐晦意义、科学与艺术及历史与叙述之间的区别，甚至否定真理的可能性。[②]

---

① 佛克马、伯顿斯编：《走向后现代主义》，王宁等译，北京：北京大学出版社，1991年，第1页。
② 参看《理性与启蒙：后现代经典文选》，江怡编，北京：东方出版社，2004年，第21页。

"后现代"一词最早出现在19世纪70年代。1870年前后,英国画家约翰·瓦特金斯·查普曼(John Watkins Chapman)曾用"后现代绘画"来指称那些据说是比法国印象主义绘画还要现代和前卫的绘画作品。① 1917年,德国哲学家鲁道夫·潘伟兹(Rudolf Pannwitz)在他的著作《欧洲文化的危机》(The Crisis of European Culture)中使用了"后现代"一词来描述20世纪西方文化中的虚无主义。② 1934年,西班牙文学评论家奥尼斯(Federico de Onis)在他编撰的《1882—1923年西班牙、拉美诗选》(Antologia de la Poesia espanola e hispan-americana: 1882-1932)中使用"后现代主义"一词来描述现代主义文学内部的"逆动"。表示与现代时期的决裂的"后现代"概念则出现在第二次世界大战以后,出现在D·C·萨默维尔(D. C. Somervell)为英国历史学家阿诺德·汤因比(Arnold Toynbee)的《历史研究》(A Study of History)的前六卷所撰写的一卷本的概论中。汤因比在《历史研究》随后的第八和第九卷中采纳了这一概念。萨默维尔和汤因比用"后现代"时期这一概念来描述西方历史从1875年以来的第四个阶段③,这是一个理性主义和启蒙精神分崩离析的"动乱时代"(time of troubles)。20世纪50年代,美国文化历史学家伯纳德·卢森堡(Bernard Rosenberg)在他的《大众文化》(Mass Culture Revisited, 1957)中使用"后现代"来描绘大众社会中一种新的生活状况,这种后现代世界既充满了希望,也到处都是危险。④ 迄今为止最为详细的关于后现代时期的观点出自英国历史学家G·巴勒克拉夫(Geoffrey Barraclough)所著的《当代历史学导论》(An Introduction to Contemporary History, 1964)。与强调历史连续性的理论家们不同,巴勒克拉夫指出:

---

① Higgins, Dick. *A Dialectic of Centuries*. New York: Printed Editions, 1978, p.7.
② Welsch, Wolfgang. *Unsere postmoderne Moderne*. Weinheim: VCH, 1988, pp.12-13.
③ 此前的三个阶段分别是:黑暗时代(675—1075)、中世纪(1075—1475)以及现代时期(1475—1875)。见 Sommervell, D. C. *A Study of History*. New York: Oxford University Press, 1947, p. 39.
④ Rosenberg, Bernard and White, David. *Mass Culture Revisited*. Glencoe, II: The Free Press, 1957, pp. 4-5.

"我们应当予以重视的不是相似性,而是差异性,不是连续因素,而是不连续因素。总之,当代历史应当被看做一个具有其自身特点的、有别于以前阶段的特殊时期,其差异程度绝不亚于我们所说的'中世纪历史'同现代历史之间的差别。"他建议用"后现代"一词来描述这个继现代历史而来的时期。[①] 1971年,被视为后现代主义代言人的哈桑(Ihab Hassan)在《肢解奥菲斯:走向一种后现代文学》(*The Dismemberment of Orpheus: Toward a Postmodern Literature*)中首次使用"后现代主义"来统称文学、哲学以及社会中的这种共同倾向。20世纪70年代后期,西方学术界出版的三本著作把后现代主义归结为了一种运动,它们是詹克斯(Charles Jencks)的《后现代建筑的语言》(*The Language of Post-Modern Architecture*,1977)、利奥塔(Jean-François Lyotard)的《后现代状态:关于知识的报告》(*The Postmodern Condition: A Report on Knowledge*,1979)及罗蒂(Richard McKay Rorty)的《哲学和自然之镜》(*Philosophy and the Mirror of Nature*,1979)。在美国,通过罗蒂的影响,后现代主义超出了建筑学和文学批评的范围,开始引起美国哲学界的关注,就连宗教神学领域也受到了影响。泰勒(Mark C.Taylor)1984年出版的《犯错:一种后现代非/神学》(*Erring: A Postmodern A/theology*)就把后现代的标签贴在了以往被视为神圣的领地。简单说来,作为一种现实的思潮,后现代主义在20世纪60年代开始在欧洲大陆——主要是法国——真正崛起,70年代末80年代初开始成为整个西方世界的流行话语,80年代末90年代初其影响开始传播到第三世界国家。

不过,后现代主义即使在鼎盛时期也并非没有受到挑战。1976年,贝尔(Daniel Bell)在他著名的《资本主义的文化矛盾》(*The Cultural Contradictions of Capitalism*)中明确把后现代主义视为对传统的回归,认为其中并没有完全新颖的东西。同样,哈贝巴斯(Jürgen Habermas)在《现代性——一项未竟的事业》(*Modernity: An Unfinished Project*,

---

① Barraclough, Geoffrey. *An Introduction to Contemporary History*. Baltimore: Penguin, 1964, pp. 12–23.

1980)中也把后现代主义者视为"新保守主义者",因为他们对理性的否定并无新意,关键是要在科学、道德及艺术领域推动"没有限制的相互作用",即"交往理性"。哈贝马斯还把德里达(Jacques Derrida)对形而上学和语言哲学的批判视为与"犹太神秘主义"和"非理性主义"调情,指责他硬把哲学纳入文学,使哲学丧失了自主性,以至于最终解体在修辞学和文学之中。① 的确,后现代主义内部的话语并不一致,可分为解构性的后现代主义和建设性的后现代主义。解构性的后现代主义主要兴盛于20世纪80年代之前,其表现形态包括解构主义、反基础主义、视角主义、后人道主义、非理性主义、非中心化思潮等;建设性的后现代主义崛起于20世纪80年代,主要表现为建构性的后现代主义、有根据的后现代主义、生态后现代主义及重构的后现代主义等。此外,后现代主义传入第三世界国家后,又出现了所谓的"第三世界后现代主义",比如拉丁美洲的右派后现代主义、拉丁美洲的左派后现代主义、印度的后现代主义、东南亚的后现代主义等。②

尽管不能给后现代主义下一个全备的定义,因为那是违反后现代主义的主张的,我们还是能够看到后现代主义的一些普遍(我是怀着愧疚使用"普遍"一词的)特征:第一,后现代主义张举怀疑主义,特别是对现代性的一元论、绝对理性、单一视角和纯粹理性加以怀疑,它也对现代个人主义、帝国主义、家长制及西方文化中心主义加以怀疑,因此有第三世界的"后现代主义者"试图将后现代主义转化成一种"反抗文化"。第二,后现代主义推崇多元化、差异和开放性,因此后现代主义成为女权主义和后殖民主义的重要理论基础。第三,后现代主义倡导人与自然之间和人与人之间的"主体间性",无论是人与自然还是人与人之间都应该消除彼此之间的对立,都应从"关系中的自我"出发来摈弃对立,实现和谐相处。

---

① Habermas, Jürgen. *Lectures on the Philosophical Discourse of Modernity*. Cambridge, Mass.: MIT Press, 1987, p. 181.
② 参看王治河,"后现代主义",见《后现代主义辞典》,王治河主编,北京:中央编译出版社,2004年,第9、10页。

## 2 什么是后现代性?

在考察何为后现代性(postmodernity)之前,我们首先来看看什么是现代性(modernity)。

虽然研究现代性的理论进路各不相同,但有一点可以确定,对现代性问题的研究总是绕不过启蒙运动这个纽结,因为在某种意义上,现代性是由启蒙思想表达出来的。启蒙一方面构成了现代性的历史背景,另一方面,启蒙思想也是现代性的核心。那么,什么是启蒙?这是康德(Immanuel Kant)晚年提出并努力予以回答的问题。康德以理性作为启蒙的核心,并把启蒙和人的自由解放联系在一起,开启了近代启蒙哲学的先河。但他没有找到理性的合法化依据,因而其观念自身包含了不可克服的矛盾。康德以降的思想家们不断地对启蒙观念进行批判反思,对其进行修正、丰富和发展。法兰克福学派批评家阿多诺(Theodor W. Adorno)和霍克海默(Max Horkheimer)将启蒙观念泛化,指出启蒙具有自我否定和自我摧毁的特性,以此提出了启蒙辩证法;福柯(Michel Foucault)继承了前人的思想成果来谈启蒙问题,在他看来,启蒙是一组事件,而现代性是一种态度。从康德到阿多诺、霍克海默到福柯,启蒙观念的辩证发展代表着人们对现代性的反思的轨迹。

由此可见,现代性从根本上说就是非常复杂的概念,其内部更是充满了矛盾和张力。卡林内斯库(Matei Călinescu)在其《现代性的五副面孔》(*Five Faces of Modernity*, 1987)一书中提出,现代性作为西方文明史的一个阶段,存在着无法消除的分裂。他区分了两种现代性:第一种现代性是资本主义发展的产物,即科技进步、工业革命、经济与社会急速变化的产物;第二种现代性则是"审美的现代性",即现代主义文化和艺术,它反对前一种现代性,这种文化现代性"是对资产阶级现代性的全面拒绝,是一种强烈的否定情绪"。[①] 换句话说,存在着这样两种现代性:启蒙的现代性和审美的现代性,它们分别代表了现代性的两

---

① 卡林内斯库:《现代性的五副面孔》,顾爱彬等译,北京:商务印书馆,2002年,第17页。

个维度,即理性的维度和感性的维度。其感性的维度可以回溯至文艺复兴,强调的是个体性;理性的维度张扬的是主体性,后现代性对现代性的批判主要集中在这里。

在这个意义上,甚至有学者——如米勒(J. Hillis Miller)和德里达——指出,后现代性是先于现代性而存在的,甚至可以追溯到尼采(Friedrich Nietzsche)的狄奥尼索斯(Dionysus)精神,即酒神精神,是情绪的发泄,是抛弃传统回到原始状态的生命体验。审美的现代性或感性的现代性是对无限崇尚理性、秩序、主体、进步等观念的启蒙现代性的平衡,现代性的矛盾性也主要体现在这里。从这个意义上来说,后现代性也可以被视为审美现代性未竟的计划。苏珊·桑塔格(Susan Sontag)就认为后现代性是一种"新感性",在她看来,不同于现代主义对深层、本质意义的推崇,后现代主义者坚信意义就在表层,根本不存在什么深层意义;如果说现代主义艺术需要理解和解释,后现代主义艺术则需要一种体验,一种新感性。① 从这个理路上来看,后现代性也可被理解为与现代性同源对抗的一种状态。

如果说现代性的驱动来自对"未思"(the unthought)的思考(福柯),后现代性的目标则不是将此未思之物变成完全可理解的和透明的。启蒙理性主义坚持意义的透明,后现代思想家则抛弃了未思之物可以被透明把握的想法。后现代性与现代性的根本区别在于他们看待"未思"的态度。与现代性不同的是,后现代性接受"未思"的存在,并不认为我们必须把握"未思"之物方能理解世界。后现代性认为并不存在单一的"未思"之物,也不存在单一的思考"未思"之物的方法。不同的后现代思想家对"未思"的理解也不一样,这就构成了不尽相同的后现代话语。美国学者哈桑以与现代主义相比较的方式罗列出"后现代"的33个特征,比如"反形式"、"偶然性"、"无序"、"缺失"、"反叙述"、"精神分裂"、"反讽"、"不确定性"及"内在性"等等。根据这些特

---

① Santag, Susan. *Against Interpretation and Other Essays*. New York: Delta, 1966, pp.19-23.

点,他提出"后现代主义"的基本倾向是"不确定内在性"(indetermanence),其分开说就是"不确定性"(indeterminacy)和"内在性"(immanence)。所谓"不确定性"是指表现于整个西方社会政治、认识体系、情欲系统以及个人的精神和心理的话语领域中一种废弃一切的普遍意志;"内在性"与"超越性"相对,表示"人具有用象征符号进行归纳总结的思维能力,它能逐渐介入自然,通过它自己的抽象活动反作用于自身,而这一切又越来越直接地变成了它自身所处的环境"。[①] 哈桑从文学进入后现代,他的影响主要在文学批评方面。利奥塔以其《后现代状态:关于知识的报告》将后现代主义推向整个西方知识界。利奥塔对后现代的界定是"对元叙事的怀疑"、"对差异的敏感性"和"对不可同约的承受力"。所谓"元叙事"就是指那些使西方科学或知识得以合法化的基本哲学理念,即启蒙运动以来所确定的那些理性主义法则,诸如"精神辩证法、意义阐释学、理性主体或劳动主体的解放、财富的增长等"。[②] 詹姆逊主要从文化角度界定后现代,认为后现代就是"晚期资本主义的文化逻辑"。在晚期资本主义阶段,文化被纳入了经济的序列,因而必须遵从商品和资本的逻辑,必须是易于流通和消费的,这就造成了后现代文化的通俗化、平面化和无深度化。此外,还有福柯的主体为话语所建构、德里达的符号意义的"延宕"、博德里亚(Jean Baudrillard)的符号的"增殖"和意义的"内爆"之说等等。英国文化研究、后殖民主义、新历史主义、后马克思主义、接受美学等也都从各自的角度对后现代性进行界定和运用。不过,所有这些理论中,法国"后结构主义"对后现代的研究最为深入和具有原创性。

## 3 后现代主义是否只意味着"解构"和"破坏"?

后现代主义给人的印象似乎是反对认识论、反对主客体二元论的,

---

[①] 伊·哈桑:"后现代主义概念初探",盛宁译,见让-弗·利奥塔等著,《后现代主义》,北京:社会科学文献出版社,1999年,第123—125页。
[②] 让-弗朗索瓦·利奥塔:《后现代状态:关于知识的报告》,车槿山译,北京:三联书店,1997年,第1—4页。

其实它所反对的是在二元论的认识论中对主体之绝对支配地位的认定,而不是其根本意义上的认识论。后现代主义不是对认识论的取消,而是通过揭示认识论内部的复杂性,提出一种新的认识论,一种似乎没有主体或自我的认识论——从前那个主体或自我并不纯粹,总是掺杂着一定的历史、文化和意识形态,因而是有局限的、待解构的。虽然后现代主义的主要思想如德里达的、福柯的、利奥塔的等,的确是以"解构"和"破坏"为主旨——至少表面如此,但那只是后现代主义的一维,在"破坏"和"解构"的后现代主义之外还存在一种建设性的后现代主义。建设性的后现代主义兴起于 20 世纪 80 年代末 90 年代初,是后现代主义的另一种重要形态。建设性后现代主义区别于激进的后现代主义的最大特征就是其不仅解构,而且建构,不仅破坏,而且建设。建设性后现代主义主要发源于美国,其代表人物有罗蒂、霍伊(David Couzens Hoy)和格里芬(D. R. Griffin)等。

罗蒂的"后哲学"在建设性后现代主义中影响最大。罗蒂的"后哲学"倡导对话和沟通,是一种"新解释学",即新实用主义。罗蒂用"协同性"(solidarity)概念取代了传统形而上学的"客观性",其认为真理是独立于外在社会和人类的客观存在,而"协同性"则是指某社会团体中人们具有兴趣、目标、准则等方面的一致性。"对话"是实现"协同性"的最好路径,包括过去与当下的对话、读者与文本的对话、读者与读者的对话等。对话不是封闭的、专制的,而是开放和平等的。因此倡导开放和平等是建设性后现代主义的最大特征。建设性后现代主义主张倾听他人、学习他人、宽容他人。这使得它成为女性主义和后殖民主义的重要理论基础。平等和对话还意味着多元的思维风格,按照德勒兹(Gilles Deleuze)的说法,"多元论的观念——事物有许多意义,且有许多事物,一事物可以被看成各种各样——是哲学的最大成就。"在德里达看来,这意味着"双重写作"和"双重阅读",看似统一的文本其实充满了不一致和混乱。

以格里芬为代表的建设性后现代主义的理论基础是怀特海(Alfred North Whitehead)的有机体哲学。与现代性视个人与他人、他物的关系为外在的、偶然的和派生的不同,它强调内在关系,强调个人与他人、他物的关系是内在的、本质的和构成性的。同时,建设性后现代主义信奉有机论,强调对世界的关爱,把世界视为家园,这与现代性所认为的人与自然的对立完全不同。在此基础之上,建设性后现代主义主张恢复生活的意义并使人们回到团体之中。他们倡导一种"绿色运动",主张用绿色运动的精神来"绿化我们的政治、我们的精神以及我们的文化"。建设性后现代主义有着很强的现实关怀,主张建设以共同体为基础的经济和生态区域主义,注重运用区域的生态、文化和经济特点来培育适宜的有生活意义的运动。①

由此可见,后现代主义绝非仅仅是"破坏"和"解构",那只是后现代主义的一种形式,后现代主义还存在着"建设"和"建构"的一维,忽视后现代主义的这个重要贡献,就是对后现代的最大不公。

## 4 后现代主义与现代主义之间有何联系?

后现代主义成为对整个西方具有重大影响的文化思潮是在20世纪五六十年代,与后现代主义文学的兴起正是在同一时间。就像我们很难给后现代主义下个统一的定义一样,关于后现代主义与现代主义的关系,人们的观点也并不一致。

福柯在《什么是启蒙?》("What Is Enlightenment",1984)中指出,我们不应该将现代性仅仅看做一个处于前现代与后现代之间的时代,而更应该将现代性看做一种态度。同样,"后现代"在现代思想家那里与其说是一个时代,不如说是一种态度,一种反对现代的态度。这种反对现代的态度与"前现代"的区别在于,"前现代"是怀乡的,而"后现代"则是摈弃乡愁的。

麦金尼(Ronald H. Mckinney)认为现代主义与后现代主义争论的根本问题是"一与多的关系问题",在他看来,"现代主义者是乐观主义

---

① 参看王治河:"建设性后现代主义",见《后现代主义辞典》,王治河主编,北京:中央编译出版社,2004年,第338—341页。

者,他期望找到统一性、秩序、一致性、成体系的总体性、客观真理、意义及永恒性。后现代主义者则是悲观主义者,他们期望发现多样性、无序、非一致性、不完美性、多元论和变化。"

詹姆逊则认为现代主义和后现代主义分属不同的历史阶段。他用国家资本主义—现实主义,垄断资本主义—现代主义,晚期资本主义—后现代主义的历史分期,将后现代主义看做资本主义的一个新阶段。詹姆逊认为现代主义和后现代主义有一系列的区别和对立,比如现代主义是时间深度模式,而后现代主义则是空间平面化模式;现代主义是主体中心化的焦虑,而后现代主义则是非中心化的主体零散化;现代主义主张自律的审美观,而后现代主义则倾向于商业社会的消费主义;现代主义具有个性化的风格,而后现代主义则是无风格等。

哈桑也曾为现代主义与后现代主义进行列表区分。他指出,现代主义实质上注重形式而后现代主义实质上反形式;现代主义实质上具有深层结构,注重象征、隐喻等,因而可以阐释,而后现代主义实质上取消深层,只有浅表,注重游戏,因而反对阐释;现代主义实质上具有目的性,等级森严,讲究精巧的设计,而后现代主义只有随意性,倾向无中心、无等级状态,排除任何设计和构思;现代主义追求经典的、宏伟的叙述,而后现代主义则不追求经典的、宏伟的叙述,宁愿停留在极个人的、通俗的领域内等。

关于后现代主义文学与现代主义文学之间的区别,一种普遍的观点是:现代主义文学在某种意义上是在"上帝死了"的口号之下着意创造出的新的尝试,而后现代主义文学并不追求终极价值,不愿意对重大的社会、政治、经济、道德、伦理、美学诸问题进行严肃而认真的探究,不再试图赋予世界以意义。后现代主义极力反对现代主义关于深度的"神话",拒斥孤独感、焦灼感之类的深沉意识,将其消解或平面化;它怀疑乃至否定文学的价值论和本体论。在它看来,写作的内容消失了,写作转向中立性,即所谓"零度写作"。也就是说,后现代主义文学把写作转向了自身,语言、话语随意性强,对作者和读者来说都是一种表演、操作上的花样翻新。后现代主义文学抹平了历史、深度、主题、情感和距离。如果说现代主义力图在碎片化的意象堆积后重建某种理想和形式的整合,后现代主义就只是堆积碎片,并无意进行整合。如果说现代主义文学是自律的、精英的、认识论的,后现代主义文学就是他律的、民粹的和本体论的。

我们认为,以上对现代主义与后现代主义的区别的讨论正是以现代主义所张举的二元对立的思考方式展开的。事实上,后现代主义绝非一味的解构,单纯的摧枯拉朽绝不是后现代主义者的目标;相反,后现代主义主张一种新的认识论,一种对话的精神和对差异的尊重。

## 5 后现代主义与浪漫主义之间有何联系?

从某种意义上来说,浪漫主义是后现代主义的先驱,两者都具有一种与客观性相对的主观性的批判视角。浪漫主义对理性主义、科学主义及启蒙精神所鼓吹的绝对秩序的批判使其成了后现代主义的先驱和重要思想源泉。简而言之,后现代主义与浪漫主义之间的联系主要表现在以下几点:

第一,反对理性主义。18世纪末到19世纪30年代兴起于欧洲的浪漫主义反对理性主义、科学主义和使自然对象化的启蒙运动;后现代主义的主旨也在于瓦解统一理性,揭露科学真理的权力真相,打破自然与文化、进步与后退等二元意识形态。

第二,反对历史与文学之间的对立观念。以卡莱尔(Thomas Carlyle)为代表的浪漫主义历史学家消除了历史和文学之间的学科界限,模糊了历史事实与小说虚构之间的区别。卡莱尔注意到通俗历史小说家司各特(Walter Scott)的小说揭示出18世纪英国历史的真相常常为历史学家所掩饰。他发现历史叙事不是建立在历史事实之上,而是后人强加给历史的,而且历史学家所建构的线性叙事损害了历史的有机统一的完整性。这正是后现代历史观的要义。以新历史主义为代表的后现代历史观否定历史的客观性,否认传统文化所确认的历史秩序,否认存在着某种线性的、进步的历史观念,相反,历史也是叙事,是话语。

第三,反对普遍真理。浪漫主义是对早期现代科学革命所形成的科学主义态度的反动,是怀疑论和相对主义的;后现代主义则反对现代性的进步和秩序观念,反对任何领域的宏大叙事。

第四,都具有强烈的主观性。浪漫主义倚重想象,具有强烈的主观性和内向性;后现代的根本特征正是"不确定性和内在性",其打破一切秩序和统一性的实践正是主体死亡之后主体性的主观演练。

故此,在一定程度上,后现代主义正是浪漫主义的当代版本。程志民曾列表说明后现代主义与浪漫主义的因缘联系:①

| 后现代主义 | 浪漫主义 |
| --- | --- |
| 自然中心主义(宇宙伦理) | 崇拜自然,回归自然 |
| 天人合一(真正的人道) | 怀念旧世界 |
| 怀旧 | 轮回与多变 |
| 轮回和多向多变 | 个人中心主义 |
| 他人哲学(交流,社会关系) | 向往东方文化 |
| 文化的相对论,多元论 | 民族主义、民族性 |
| 差异性,他异性,异类和异域 | 攻击现代科学和现代工业 |
| 民族性,民族主义 | 理想主义 |
| 非标准化,多样化,分散化 | 乌托邦 |
| 承认科学的局限性 | 回归传统 |
| 正视现实 | 热情狂乱 |
| 现实主义(危机感) | 承认手工的价值 |
| 回归传统 | 形象 |
| 冷静,宁静 | 吹捧想象力 |
| 追求小(小即美) | 世俗冲动 |
| 承认手工的价值 | 激情 |
| 亲近自然 | |
| 形象 | |
| 折中性(兼容并蓄) | |

---

① 程志民:《后现代哲学思潮概论》,北京:华夏翰林出版社,2005 年,第 110—111 页。

## 6 什么是后现代女性主义？

后现代女性主义无论在理论上、思想上和方法上，都是后现代主义的一个重要组成部分。

西方女性主义从18世纪启蒙时代开始形成和发展，玛丽·沃斯通克拉夫特(Mary Wollstonecraft)所著的《女权的辩护》(*A Vindication of the Rights of Woman*, 1792)是19世纪前最为重要的女性主义著作。女性主义的发展分为三个阶段，第一阶段是19世纪到20世纪中叶的自由女性主义时期，这一阶段的焦点是要求男女平等，主要是女性的公民权、政治权利等。第二阶段是20世纪60年代到80年代的激进女权主义时期，这一阶段女权运动的目标是消除两性差别，两性差别被视为造成女性附属于男性的根本原因。波伏娃(Simone de Beauvoir)的《第二性》(*The Second Sex*, 1949)在这一时期产生了很大的影响。第三阶段是20世纪80年代至今的后现代女性主义时期，这一时期主要强调两性差异的客观存在，不再一味追求前一阶段的两性平等。当代女性主义所提出的基本口号和要求，"都直接或间接地表达和实现着后现代主义重建人类文化的基本目标。"①

后现代女性主义的影响不仅仅表现在文学艺术界，也深刻地影响着当代社会的政治、经济和文化生活的方方面面。其中一部分后现代女性主义者就强调后现代女性主义首先是一种政治，一种实践。"女性主义为建设一种多视角社会理论提供了重要的洞见，使我们认识到性别角色对主体的建构作用，而后现代理论则迫使我们去重视不同个体、群体和主体立场间的差异性、异质性。"而且，"后现代理论也可以用来有效地批判那些成问题的女性主义，形成后现代女性主义这样一种多视角的女性主义，并以此指导后现代主义文本的创作和批评。"②

后现代女性主义的批判矛头直指西方传统文化中的"基础主义"

---

① 高宣扬：《后现代论》，北京：中国人民大学出版社，2005年，第343页。
② 贝斯特、凯尔纳：《后现代理论》，张志斌译，北京：中央编译出版社，2004年，第275—276页。

(foundationalism)和"本质主义"(essentialism)。正是在这一点上,"后现代女性主义在思想理论方面的批判成果直接地推动了后现代主义整个思潮的发展和系统化,当然也为后现代女性主义运动的政治策略本身提供了最坚实的理论基础。"[①]同时,后现代女性主义还集中批判了各种传统文化中的二元对立论述,尤其是有关权力和道德的论述。随着后现代主义的发展,无论在社会生活的哪个领域都不能忽视后现代女性主义的影响。

后现代女性主义文论主要有英美学派和法国学派。虽然它们的哲学观念、研究方法和关注对象都不相同,但都对文论的社会性格外注重。英美学派更加重视文学的社会学、历史学研究,力求揭示隐藏在文本内部的两性不平等以及女性话语受到遮蔽和压迫的历史状况,主张通过性别差异角度分析女性的写作和阅读。比如美国女性主义批评家肖沃特(Elaine Showalter)创建了"妇女批评学",芭芭拉·史密斯(Barbara Smith)则提出了建立黑人女性主义文学批评理论体系,因为无论是以男性为主的文学批评,还是以中产阶级白人女性为主的文学批评,都忽视了黑人女性作家。此外,女同性恋的文学批评也开始逐步建立发展起来。法国学派的女性主义文论深受德里达、福柯的解构主义和拉康(Jacques Lacan)的精神分析的影响。法国学派最为重要的代表人物是朱利亚·克里斯蒂娃(Julia Kristeva)和露丝·伊里加蕾(Luce Irigaray)。克里斯蒂娃主要从符号论和精神分析出发,在对传统文化进行解构的同时,深入研究男女两性关系及其同整个文化的关系。伊里加蕾则从解构语言和论述的结构开始,运用后结构主义的立场和观点对传统的两性关系进行"解构",并深入批判以传统两性关系为基础所建构的人类文化基本模式。

后现代女性主义的最大特征就是对女性特质的强调和女性经验的尊重。早期的女性主义者一味强调追求男女平等,忽视了女性相对于男性的差异。在现代社会中,女性的危险在于,她们为了获得平等的权

---

① 高宣扬:《后现代论》,北京:中国人民大学出版社,2005年,第362页。

利而"变成男人",失掉了女性独有的特征。后现代女性主义旨在承认性别差异的基础上建立一个性别平等的文化。如果说以波伏娃为代表的女性主义者曾经致力于让女性获得与男性同等的主体的特权,后现代女性主义者则努力让女性在保持主体性的前提下不被卷入以性别漠视为特征的男性秩序中。克里斯蒂娃认为男女两性的差异和矛盾是由符号界与象征界之间的差异和意指过程所决定的。美国的后现代女性主义者也首先在20世纪七八十年代,提出了后现代女性主义的"女性论述符号论",并在明尼苏达大学创建《符号》(Signs)研究刊物。从此,以符号游戏的模式来批判传统的性别论述,逐渐成为后现代女性主义的基本表达方式。

## 7 什么是后结构主义?

后结构主义滥觞于20世纪五六十年代的法国①,是西方从现代主义到后现代主义的重要转折点。"后结构主义"集中了胡塞尔(Edmund Husserl)的现象学、海德格尔(Martin Heidegger)的存在解构论、新马克思主义的社会文化批判理论、列维-斯特劳斯(Claude Lévi-Strauss)的结构主义、后期维特根斯坦的语言游戏论、拉康的后弗洛伊德主义以及罗兰·巴特(Roland Barthes)的符号论等"准后现代主义"的主要思想流派。后结构主义起初是在哲学领域对传统形而上学的一种颠覆,后来发展为一种运用解构策略和非中心化观念来研究哲学、文学创作和文学批评的文化思潮,直接影响了读者反应批评、女性主义批评及新历史主义等的诞生和发展。

后结构主义在批评理论和实践上反对结构主义的解读模式,其主要的思想家包括德里达、拉康、巴特、克里斯蒂娃等。结构主义强调文本的稳定性、统一性、自足性和主体性,后结构主义则倡导文本的多义

---

① 后结构主义理论家都集中在法国,是有其历史背景的。1968年的学生运动被镇压之后,学者们看到他们无法在现实层面颠覆现行政权,就转而在语言领域寻找替代物,开始对传统的形而上学理论进行颠覆,解构和去中心化是他们的主要理论策略。

性、不确定性,以及能指和所指的非同一性。结构主义强调结构和中心的二元对立,后结构主义则注重中心的相对性和语言的差异性。后结构主义还反对真理的绝对性和结构的稳定性。以德里达为代表的后结构主义者彻底批判传统的"意义"理论及其语音中心主义和逻辑中心主义基础。在此基础之上,以福柯为代表的后结构主义者进一步批判和揭露各种"话语"、"论说"和"论谈"的奥秘,从分析传统语言复杂而诡异的社会文化运用入手,揭露语言本身的吊诡和矛盾,以及语言的社会文化运用中统治阶层的权力和道德的运作逻辑。后结构主义并不追求建立系统的理论和方法体系,而是以"无止境的批判和重建的游戏策略,作为实现其发展无限自由的主要手段"。①

后结构主义并非仅仅是对结构主义的反叛。以德里达为代表的"解构"理论、以福柯为代表的"话语"理论、以巴特为代表的"作者"理论以及以拉康为代表的"主体"理论等都超越了结构主义的语言模式和主体模式而延伸到整个人文学科领域,是对西方话语体系所赖以存在的基础前提的根本瓦解,其意义已经远远超出了语言学的范畴。后结构主义构成了后现代主义理论的核心基础。

后结构主义的理论局限在于:第一,在全面解构传统形而上学价值体系的过程中,后结构主义的观点过于片面化、极端化,导致了价值虚无主义;第二,后结构主义的解构理论充满玄学和思辨色彩,应用于解读文学作品时,往往从语言和结构入手,导致了文学作品中审美维度的丧失。②

## 8 耶鲁学派的主要批评思想是什么?

耶鲁学派是德里达的后现代解构主义思想在美国文学批评中的衍生形式。德里达 1966 年在美国约翰·霍普金斯大学的著名演讲《结构、符号和游戏》("Structure, Sign and Play")可以说就是耶鲁学派文

---

① 高宣扬:《后现代论》,北京:中国人民大学出版社,2005 年,第 240 页。
② 参看包兆会:"后结构主义",见《后现代主义辞典》,王治河主编,北京:中央编译出版社,2004 年,第 212—216 页。

学评论的基本纲领。耶鲁学派将文学创作和评论的主要任务视为对作品文本的"解构",其批评理论和实践大大推动了解构主义美学的发展,在美国和世界上影响巨大,主要代表人物有保罗·德·曼、希利斯·米勒、哈罗德·布鲁姆和杰弗里·哈特曼。

保罗·德·曼(Paul de Man, 1919-1983)所提出的修辞学阅读理论是与新批评完全对立的文本观,他提出文本的意义是不确定的,文本与阅读是不可分割的。保罗·德·曼通过文本语言符号和意义的不一致性指出阅读的可能性并非理所当然的。事实上,保罗·德·曼正是将文学批评的任务视为"将文本的'不可阅读性'(unreadability)揭示出来"。① 这种"不可阅读性"也为米勒所反复强调:"任何一个优秀的读者,在阅读过程中绝不会使自己成为阅读文本的奴隶,绝不能满足于文本原有作者对于文本的意义和形式的理解和诠释,而是有意地发现原作者所没有,也不能发现和理解的那些新东西,这也就是'文本的不可阅读性'。"②保罗·德·曼认为语言的修辞性是语言的根本特征,否认与其指称意义之间的一致:"文本诠释的语义学并不存在任何一点认识论的一贯性原则,因而也不可能是科学的。"③语言自身存在着语法和修辞之间的张力,而批评家只有经过对文学、历史等文本的盲视逐渐产生最深刻的洞察力,最后才能获得对文本的洞见,得到"不可阅读"之外的发现。德·曼还把他的解构理论推广到非文学文本中,认为即使是以严密理论为基础的、科学性强的哲学、政治、法律等文本,也会因语言的修辞性而具有矛盾性、虚构性和欺骗性,从而具有自我解构的因素,最终导致不可阅读。德·曼继承了尼采的传统,主张通过文学的修辞和文风,通过渗透到语词和语句委婉表达形式中的作者个性,去对抗

---

① Man, Paul de. *The Resistance to Theory*. Minneapolis: University of Minnesota Press, 1986, p.14,15.
② Miller, J. H. *The Ethics of Reading*. New York: Columbia University Press, 1987, p. 33.
③ Man, Paul de. *Blindness and Insight*. New York: Oxford University Press, 1971, p. 109.

传统形而上学和传统逻辑中心主义所主张的基本原则,使文学作品成为反形而上学和反逻辑中心主义的重要场所。

哈罗德·布鲁姆(Harold Bloom, 1930—   )最为重要的理论贡献之一是"误读"理论。"误读"理论最初是在《影响的焦虑》(*The Anxiety of Influence*, 1973)一书中提出来的,布鲁姆在此书中将弗洛伊德(Sigmund Freud)的弑父情结、尼采的强力意志和保罗·德·曼的误读理论融在一起,提出诗歌的影响总是通过对较前一位诗人的误读而发生的。布鲁姆不仅把影响归结为误读,而且把一部文学影响史归结为对前辈误读、误解和修正的历史。在《误读图示》(*A Map of Misreading*, 1975)中,布鲁姆进一步完善与发展了他的误读理论,提出阅读总是一种"延迟"行为,因而实际上阅读几乎是不可能的。他还重申了"影响即误读"的观点:"影响不是指较早的诗人到较晚近的诗人的想象和思想的传递承续,影响意味着压根儿不存在文本,而只存在文本之间的关系,这些关系则取决于一种批评行为,即取决于误读或误解———一位诗人对另一位诗人所作的批评、误读和误解。"布鲁姆强调了"影响"过程中误读、批评、修正、重写的一面,即创造、更新的一面,打破了影响即模仿、继承、接受和吸收的传统理论格局。但其理论也有片面性,一是忽视了影响关系的另一方面——继承;二是把"误读"绝对化,导致了某种相对主义倾向,取消了影响关系中的客观标准与价值尺度。

希利斯·米勒(J. Hillis Miller, 1928—   )公开提出要摈弃批评和阐释所预设的逻各斯中心主义,认为语言基本上是关于其他语言或其他文本的语言,而不是关于文本之外的现实的存在,因此,文本的意义永远是多义的或不确定的。米勒把对于文本的"解构"批评视为读者和批评家的道德责任,并把破坏文本或对于文本的错误理解当作再创作的出发点。[1] 米勒认为,阅读文本时,文本结构所包含的意义不仅限于原作者所已经表达出来的范围,也不仅限于借助于逻辑概念结构所

---

[1] Miller, J. H. *The Ethics of Reading*. New York: Columbia University Press, 1987, p. 33.

精确表达的意义系统,而是要在原有意义结构后面寻求不确定的象征性内容,并使其内涵不断远离原来的结构,在变化多端和无固定原则的象征游戏中继续扩大;同时,批评家还要有意地破坏原有的逻辑结构和表达形式,摧毁其精确表达出来的意义和形式,或者,在原有意义形式结构中寻找不精确和不确定的缝隙,然后顺次扩大其裂痕,有意地制造模糊和不精确的形式,在含糊性和不确定性中彻底打破逻辑概念和传统语言的基本原则,扩大文学艺术的非概念性、非语言性和非逻辑性。米勒还提出了"重复"理论,认为许多文学作品的丰富意义恰恰来自常被阅读忽略的多种重复的组合,即各种重复现象及其复杂的活动方式,这些重复正是通向作品内核的秘密通道。

杰弗里·哈特曼(Geoffrey Hartman,1929- )认为语言并非确定不变,而是多义的、复杂的,所有的语言都必定是隐喻式的,而其对隐喻的依赖导致了语言的虚构。进而,哈特曼提出文学文本的意义也是不确定的。文本的意义只能通过各种各样的参照系来把握,而且又与别的意义相互交叉、相互渗透和相互转换。哈特曼认为应该把文学批评也视为文学文本来对待,认为文学批评属于文本世界,与文学文本并无本质的差别。哈特曼还主张文学批评与哲学批评的结合,认为两者本质上是一样的。

耶鲁学派于20世纪80年代后期逐渐解体,但其"解构"式的文本阅读方法至今仍影响着我们的批评和阅读。

## 9 什么是互文性?

互文性(intertextuality)概念由法国批评家克里斯蒂娃于20世纪60年代首先提出,是后现代、后结构批评的重要术语,直接启发巴特提出了"文本"理论和"作者之死"一说。互文性概念打破了结构主义文本的孤立性和封闭性,是对历史主义和新批评的反拨。它提出任何文本都与该文本之外的符号系统相关,都是对其他文本的吸收和转换,并在差异中形成自身的价值。

克里斯蒂娃是在对巴赫金(Mikhail Mikhailovich Baktin)的对话概

念和狂欢理论的研究中得出的互文性概念。她自己曾说,互文性概念虽不是由巴赫金直接提出,却可在他的著作中推导出来。托多洛夫(Tzvetan Todorov)也说,"互文性"其实就是巴赫金"对话主义"的法文翻版。1966—1968 年,克里斯蒂娃连续发表了《词语、对话和小说》("Word, Dialogue and the Novel")、《封闭的文本》("The Enclosed Text")及《文本的结构化问题》("The Structure of the Text")探讨和定义互文性:"我们把产生在同一个文本内部的这种文本互动叫做互文性。对于认识主体而言,互文性概念将提示一个文本阅读历史、嵌入历史的方式。在一个确定的文本中,互文性的具体实现模式将提供一种文本结构的基本特征。""文本是一种文本置换,是一种互文性:在一个文本的空间里,取自其他文本的各种陈述相互交叉,相互中和。"[①]互文性强调任何文本都不是孤立存在的,而是与其他文本交互存在的,是对其他文本的重读、更新、浓缩、移位和深化,文本的价值正是体现在它对其他文本的整合和摧毁之中。互文性不仅存在于文本之间,更存在于文本与文本产生的文化话语空间。

互文性作为一种文本策略与后现代主义关系密切,乌里奇·布洛赫(Ulrich Broich)把互文性与后现代主义文学的艺术特征的关系总结为以下六点:

**作者的死亡**:文学作品不再是原创的,而是许多其他文本的混合,传统意义上的作者因而不再存在,原创不再可能,作者的工作只是重组和回收前文本。

**读者的解放**:作品的原创既被解构,其意义就要由读者在自己的阅读中进行创作,他要抛弃一些声音,选择一些声音,同时加入自己的声音。

**模仿的终结和自我指涉的开始**:文学不再是给自然提供的镜子,而是给其他文本和自己的文本提供的镜子。

---

① 转引自秦海鹰:"互文性理论的缘起和流变",见《外国文学评论》,2004 年第 3 期,第 19 页。

**剽窃的文学**：文学是寄生的，它不过是对其他文本的重写或回收，传统的原创与剽窃之间的界限由此消失。

**碎片与混合**：文本不再是封闭、同质和统一的；它是开放、异质、破碎、复调的，是犹如马赛克一样的拼贴。这种混合建构的效果不在于和谐，而在于冲突。

**无限的回归**：使用暗示制造无限回归的悖论，造成一种"套盒"（Chinese boxes）效应：它能在一部虚构作品中无限制地嵌入现实的不同层面。[1]

互文性视域下的文本不再是独立自足的实体——如新批评所认为的，不再是"有机统一体"，相反，文本就意味着文本之间的关系，而文学研究就是互文性研究。值得提出的是，互文性的文本互涉理念直接影响了新历史主义思想的形成。在新历史主义那里，互文性不仅包括文学文本与非文学文本之间的"互文"，更包括文本与现实之间的互文，而且，政治、哲学、经济、宗教、法律、文学艺术等都同历史之间存在映照关系。20世纪90年代后期出现的"超文本小说"则是电子媒介技术时代互文性的精彩操演。

## 10 "作品"与"文本"有何区别？

"作品"与"文本"的变迁是结构主义到后结构主义的变迁，它们的区别首先由罗兰·巴特提出。1968年的"五月风暴"失败后，巴特抛弃了结构主义的美学理论和批评方法。他反对结构主义试图从一个故事中抽取模型、从模型中概括出具有普遍性的叙事结构、再将这一结构应用于其他故事的做法，而是转向了后结构主义，主张将"文本"与"作品"加以区别。可以说，"作品"与"文本"的区别在一定程度上反映了结构主义与后结构主义的区别。结构主义强调作品的稳定性、统一性、

---

[1] 参见 Broich, Ulrich. "Intertextuality", in *International Postmodernism: Theory and Literary Practice*, Hans Bertens, Douwe Fokkema, eds., Philadelphia: John Benjamins Publishing Company, 1996, p. 342.

自足性和主体性,而后结构主义则提倡阅读的多元化、意义的不确定性以及能指、所指的不同一性。

在巴特看来,"作品"概念意味着能指与所指的统一,意味着一个固定对应的象征意义。这个概念是相对于结构主义而言的,在这个框架下,阅读的意义就在于探寻作品中的所指或意义的结构。而"文本"则是能指的天地,"文本"不是"作品",也不是客体,它产生于读者与文字的阅读空间,是一个生产意义的场所和过程。因此阅读的目的不是为了追溯作者的意图,而是去重新构造支配意义生产的法则;不是指出作品全部的或最终的意义,而是指出意义是怎样生成的,为此付出了什么代价,使用了什么手段等。这是因为文本也是互文,任何文本都是互文。巴特对文本的理解是受了克里斯蒂娃的互文性观点的启发(也正是得益于巴特的大力推介,互文性概念才很快为学术界所接受)。克里斯蒂娃认为文本是一种行为,是批评和元语言行为,在这一过程中,主体会肯定一些文本并否定另一些文本,因此主体自身具有解构所有文本的互文性功能。

在《从作品到文本》("From Work to Text",1977)中,巴特列举了"作品"与"文本"的六个区别:

一、"作品"意味着作者的存在,作品是有主人的,是一种可见、可触、可以拿取之物。"文本"则没有主人或作者,文本只存在于读者的阅读过程,存在于活生生的语言场景中。"文本"只能在活动中或生产中才被体验到,只有在顺着或逆着某些法则进行"交谈"时才真正存在。

二、"文本"不等于质量最好的文学作品,也不等于风格上最时髦的作品。"文本"概念本身就意味着对上述区分和分类方式的瓦解与颠覆。"文本"不受固定的言语功能和法则的制约,已经超越了修辞学,因此每位作家都不再属于固定的范畴,我们不再说某某是小说家,某某是诗人,某某是经济学家或哲学家,相反,他们都是"文本家"。

三、"文本"作为符号放逐了所指。"作品"指向"所指",而"文本"则只属于符号的"能指"领域。"作品"作为"所指"意味着单一真理的存在,而"文本"作为"能指"则具有不确定性和无限性,它总是在表演、游戏、换位、重叠、变革等活动中展示自身。读者不再试图确定作品的意义逻辑,而是通过换喻、联想、邻接、交叉指涉等活动与能指嬉戏、互文。

四、"文本"永远是复数的。传统的"作品"观中,阅读"作品"就意味着一种探寻来源的活动,因为"作者"被视为"作品"的拥有者。读者只有把握了作品的起源,才能对作品的世界加以确定。"文本"则不同,文本永远是匿名的,不可重复的,但又是可以阅读的。这种阅读实际上是一种没有联想标记的联想或意义的衍射。同一个"文本"在不同的阅读过程中可以呈现出多元的意义,必须指出的是,这种意义的多元不是来自解释,而是来自"文本"自身的"爆炸"和"散播",因为一切文本都是互文本,都具有文本间性。

五、"作品"是消费品,而"文本"是生产和实践的过程。巴特说,对"作品"的各种阅读,不论是有教养者的阅读,还是坐在火车上的消遣式的阅读,本质上都是一样的。"文本"则不同,它的"不可阅读性"使人不能把它作为"消费"的对象,而是要把它重新恢复为一种演奏、一种任务、一种实践,它只是阅读者的客体。"文本"只有在与读者的合作中才存在,从这个意义上来说,它不仅被读者消费,也消费读者。

六、"作品"带来的愉悦是消费者的愉悦,因为读者的阅读与生产作品的实践是分离的,而"文本"带来的快乐是一种生产与消费、阅读与写作未曾分离的快乐。

# 二、综合篇

## 11 后现代主义文学与现代主义文学之间是什么关系?

关于后现代主义文学与现代主义文学之间的关系人们的看法并不一致。

第一种观点认为后现代主义文学是对现代主义文学的超越。在《哥伦比亚美国小说史》(*The Columbia History of the American Novel*, 1991)中,海特(Molly Hite)认为后现代主义小说在语言技巧和结构上都超越了现代主义小说。[①] 美国作家莱斯利·菲德勒(Leslie Fiedler)更是将后现代主义文学与现代主义文学截然对立起来,在他看来:"今天,几乎所有的读者和作家——从1955年起——都意识到了这样一个事实:我们正经历着文学现代派的垂死挣扎和后现代主义分娩的阵痛。那种开始于第一次世界大战前、结束于第二次世界大战后不久的自封为'现代'(声称它在感觉和形式上代表了最现今的趋势,除它之外不可能有'创新')的文学形态已经死亡。这意味着,它已经成为历史而不再属于现实。就小说而言,普鲁斯特(Marcel Proust)、乔伊斯(James Joyce)和曼(Thomas Mann)的时代结束了,对于诗歌来说,T·S·艾略特(T. S. Eliot)和保尔·瓦莱里(Paul Valery)同样已经成为过去。"

第二种意见则认为后现代主义文学在形式上的实验并没有在很大意义上超越像卡夫卡(Franz Kafka)、乔伊斯、贝克特(Samuel Beckett)

---

[①] Elliott, Emory, ed. *The Columbia History of the American Novel*. New York: Columbia University Press, 1991, pp. 700-706.

等现代主义大师的作品。克莫德(Frank Kermode)认为"就其理论基础而言,他们并不革命。他们仅仅是上一代现代主义的极端发展",因此,他将这些后现代主义作家称为"新现代主义小说家"。① 美国后现代主义小说家加斯(William H. Gass)则在一次研讨会上公开拒绝"后现代主义"的标签,将自己称为"非常旧的晚期现代主义作家",他说:"我的作品与那些现代主义大家的作品没有任何根本不同。"② 而利奥塔则说:"一部作品只有先成为后现代的,它才能成为现代的。照此理解,后现代主义并不是行将灭亡的现代主义,而是处于初期状态的现代主义。"③ 后现代性并非现代性的终结,而是现代性对自身的超越和反思。同样,后现代主义文学的碎片化、无意义、拼贴等审美特质也是从现代主义文学中孕育而来,其不仅是对现代主义文学的超越,也是继承,因为超越必产生于继承之上。

值得一提的是,后现代主义文学与现代主义文学之争主要发生在早期后现代主义文学与现代主义文学之间,晚期的后现代作品并不刻意追求形式上的难度或掩饰自己的道德立场和政治倾向,并不怀疑所有的宏大叙事。巴斯(John Barth)在《更新的文学》("The Literature of Replenishment", 1980)中也表达出与早期的《枯竭的文学》("The Literature of Exhaustion", 1967)中不同的观点,提出后现代主义小说应该是"前现代主义与现代主义的综合。我心目中理想的后现代主义不仅仅是对20世纪或19世纪传统的抛弃或模仿,它受到本世纪上半叶文学的影响,但没有受到其制约。"④ 当然,文学的发展自有其连续性,任何的区分都不过是人为的割裂,哈桑在谈到后现代主义艺术特征时

---

① Kermode, Frank. *Continuities*. London: Routledge, 1968, p. 23.
② See Alsen, Eberhard. *Romantic Postmodernism in American Fiction*. Amsterdam: Atlanta GA, 1996, p. 11.
③ Lyotard, Jean-François. "What is Postmodernism?" in *Postmodernism: An International Anthology*, ed., Wook-Dong Kim, Seoul: Hanshin, 1991, p. 278.
④ Barth, John. "The Literature of Replenishment: Postmodernist Fiction". *Atlantic Monthly* 245 (1980): 65–71, p. 70.

就曾指出：现代主义和后现代主义之间并没有一层铁幕或者一道中国的万里长城隔开；因为历史是一张可以被多次刮去字迹的羊皮纸，而文化则渗透在过去、现在、未来的时间之中。在哈桑看来，许多作家都同时带着些许维多利亚、现代和后现代的气质。一位作家，在他的有生之年，能轻而易举地写出一部既是现代主义又是后现代主义的作品。

## 12 后现代主义文学的发展经历了哪些主要阶段？

伊哈布·哈桑在《后现代的转向》(*The Postmodern Turn*, 1987)中将乔伊斯的《芬尼根守灵夜》(*Finnegans Wake*, 1939)作为后现代主义文学的开端。从一定意义上来说，这部小说是从现代主义向后现代主义过渡的作品。总体来看，后现代主义小说的发展经历了以下几个阶段：

第一阶段：20世纪30年代发源自法国并影响整个世界的存在主义文学也可被视为从现代主义向后现代主义的过渡。这些作品中，比如萨特(Jean-Paul Sartre)的《恶心》(*Nausea*, 1938)、加缪(Albert Camus)的《局外人》(*The Stranger*, 1942)等中已经没有了现代主义作家重构传统世界秩序的做法和努力了。20世纪五六十年代法国和英国出现了荒诞派戏剧，荒诞剧作家贝克特还在1960年获得了诺贝尔文学奖。同一年代在法国还出现了新小说派，他们反对以巴尔扎克(Honoré de Balzac)为代表的现实主义文学传统，力求探索新的小说领域，创造新的小说表现手法和语言，作品中没有典型人物，没有故事情节，甚至没有标点。

第二阶段：英国20世纪50年代出现了"愤怒的青年派"和"运动派"，他们创作出许多"反英雄"人物，批判僵化的社会制度和传统的道德观念，代表作家有金斯莱·艾密斯(Kingsley Amis)和爱丽丝·默多克(Iris Murdoch)等。同时在美国也出现了以凯鲁亚克(Jack Kerouac)和金斯伯格(Allen Ginsberg)为代表的"垮掉的一代"。"垮掉派"反对传统，反对文化，其文学特征是：强调感觉的自然流露，暴露隐私和感性体验，推崇非理性和潜意识，总是描写梦魇、幻觉和错觉等。

第三阶段：20世纪60年代美国兴起了"黑色幽默"小说，其以绝望的幽默嘲讽社会、自我嘲讽，对"幽默"对象加以放大、变形，使之显得荒诞可笑，同时以冷漠的态度将人生悲剧戏剧化。20世纪60年代，拉美出现的"魔幻现实主义"也是后现代主义文学的重要一支。魔幻现实主义作家主张把客观世界、主观世界、神话世界和象征世界等全部纳入文学世界中来，写作上借用东西方及本土、民间或古代神话、传说、幻想、夸张等制造一种超自然而又不脱离自然的神奇气氛，通过奇幻迷离、异象丛生、虚实交错、人鬼相通的魔幻世界折射拉丁美洲严酷的现实生活。

第四阶段：20世纪70年代，美国后现代主义小说开始蓬勃发展，受后现代"去中心化"和"差异"等观念的影响，族裔文学也取得了重要的发展，黑人女作家托尼·莫里森（Toni Morrison）更于1993年获得了诺贝尔文学奖。美国后现代主义小说又可分成前后两个阶段。60年代中期到70年代初期的后现代主义是与现代主义全面决裂的时期，这一时期的后现代作品倾向于解构和极端的形式试验；后期后现代主义作家不再刻意追求形式上的难度，他们不再怀疑所有的宏大叙述，也不再掩饰自己的道德立场，这一时期的作品更倾向于建构。

## 13 后现代主义文学兴起的历史文化背景是什么？

鉴于美国后现代主义小说集中体现了后现代主义文学的成就，我们在此主要考察美国后现代主义小说产生的历史文化背景。二战以后，科学技术得到了迅猛的发展。虽然现代科学技术极大地提高了生产力，为社会的发展带来极大的动力，但也为美国社会文化增添了新的变化因素。贝尔（Daniel Bell）指出，这是传统价值观念与社会生活演变之间的一个文化矛盾，是新教伦理与享乐主义之间的矛盾，它加剧了诸如种族冲突和性别矛盾之类由来已久的社会问题。除此之外，美国还要面对一个重要的，甚至是生死攸关的国际矛盾，即冷战形成的美、苏两大集团之间的全面竞争。冷战时期，战略上的对峙和竞争与策略性妥协与合作成了美国政府执行内外政策时极其重要的特点。这样的国际背景对美国的社会变迁和文化重建产生了深刻的影响，实际上美国国内的所有重大文化运动都与国际关系的重大事件相互联系。朝鲜战争以后,麦卡锡主义引发的文化清缴运动一度使许多人上了黑名单或失去了言论的自由。美国社会进入20世纪60年代的所谓"后工业时代",民权运动和越南战争也在这个时期爆发。在经过了60年代的大动乱之后,各种各样的文化思想运动和理论派别纷纷出现,一种强烈的怀疑主义甚至是虚无主义的心态占据了人们思考的中心。美国戏剧演员格罗彻·马克斯(Groucho Marx)说,"不管它是什么,我都反对!"(Whatever it is, I'm against it!)①这种反叛的心态在当时的许多作家的作品中都有表现。

后现代文学在美国兴起于20世纪60年代,对于这个时代的文化情绪,贝尔在《资本主义的文化矛盾》中有专章论述。贝尔认为,要确定20世纪60年代的文化情绪可以从两个方面入手:它既是对50年代文化情绪的反驳,也是对更早些时候的文化情绪的回归和延伸。20世纪60年代最显著的特点是早先对自我的热衷此时又重归了。除此之外,对暴力和残忍的关注,对性倒错的迷恋,制造噪音的欲望,反认知、反智性情绪,坚决抹去"艺术"和"生活"之界限的努力,艺术和政治的融合等都是60年代的特色。20世纪60年代的标记就是政治激进主义和文化激进主义。这个时期,妇女解放运动兴起,黑人民族运动高涨,对越战争失利,美国社会处于传统价值与观念陷入危机的时期。社会的危机和政治的动荡造成了作家的迷茫和困惑,这种迷茫与困惑反映在后现代小说中就是嬉笑怒骂与玩世不恭的戏谑与嘲弄。索尔·贝娄(Saul Bellow)说过,美国文学危机的出现是人文精神与道德责任感的丧失。步入后现代的美国小说也呈现出明显的变化:文学艺术的边界模糊了,艺术与现实的界限模糊了,文学体裁的传统界限也模糊了,呈现为事实与虚构的结合,科幻与虚构的结合,小说与戏剧、诗歌和书信的结合,小说与非小说的结合,童话或神话与虚构的结合,小说与绘画、

---

① 参看江宁康:《美国当代文化阐释:全球化视野中的美国社会与文化变迁》,沈阳:辽宁教育出版社,2005年,第73—86页。

音乐尤其是多媒体的结合等。①

其实,在60年代之前的一些文学作品中已经有对这种文化心态的描写,因为任何一种文化样态成为普遍状态之前必然经过个体的经验,文学在描写个人经验的时候势必将这种趋势刻画出来,比如纳博科夫(Vladimir Nabokov)的《洛丽塔》(*Lolita*,1955)、威廉·加迪斯(William Gaddis)的《承认》(*The Recognitions*,1955)、杰克·凯鲁亚克的长篇巨著《在路上》(*On the Road*,1957)等。作为这个时期极为重要的作品,这些小说热衷于描写狂乱的生活,没有传统的结构和情节,是后现代小说的雏形。1961年,约瑟夫·海勒(Joseph Heller)发表了轰动文坛的长篇小说《第二十二条军规》(*Catch 22*),标志着黑色幽默小说的兴起,美国文学开始进入了后现代时期。1967年,约翰·巴斯在《大西洋月刊》(*The Atlantic*)发表了后来被视为后现代文学之宣言的论文《枯竭的文学》。巴斯说,"文学的枯竭"就是"某些可能性的枯竭",即现实主义传统的可能性的枯竭。其主要论点包括:第一,当代小说家面临的困境是某些文学样式或可能性的枯竭;第二,作家应该把时代的危机和文学的极限(ultimacies)变为写作的素材和形式,像贝克特和博尔赫斯(Jorge Luis Borges)所做的那样;第三,尽管书写文化的极限状况需要在文学形式上进行有别于传统现实主义、现代主义手法的创新,作家的创作同时还要富有激情,以及对社会和人性的关注和关怀。巴斯的这篇文章常被误读为文学危机论的例证,就像我们曾把希利斯·米勒的《全球化时代文学研究会继续存在吗》("Effects of Globalization on Literary Study",2002)误读为"文学的终结"宣言一样。② 巴斯后来不得不解释说,此文的目的是为了说明"文学样式的枯竭以及文学创新的可能性问题"。为了澄清这一点,1980年,巴斯在《大西洋月刊》又发表了《更新的文学》,重申自己的观点。

---

① 参看杨仁敬:《美国后现代派小说论》,青岛:海洋出版社,2004年,第15—21页。
② 参看金慧敏:《媒介的后果》,北京:人民出版社,2005年,第6—28页。

正是在这样的历史文化背景之下,美国后现代主义小说在20世纪六七十年代进入了蓬勃发展的时期。

## 14 后现代主义文学兴起的主要哲学背景是什么?

后现代主义哲学的关键词包括否定性、非中心化、破碎性、反正统性、不确定性、非连续性及多元性等,这些是对理性方法、理性中心主义和工具理性的批判。后现代主义文学的兴起与后现代哲学的思想紧密相关,与后现代主义文学创作和批评联系紧密的哲学思想主要包括:

第一,德里达的哲学。他的"解构"思想深刻影响了后现代主义文学写作和批评。德里达批判"逻各斯中心主义",致力于解构"在场形而上学"。他指出,逻各斯是隐喻,根本不存在逻各斯,它就是一个词。进而,如果原意只是隐喻,那么隐喻赖以生存的前提(原意)就不存在了。逻各斯书写不出"观念意义","意义"从未真正实现,就像康德的理念永远在彼岸世界一样。所谓意义深层不过是书写"痕迹"的表层。被解构了的书写活动不再表达文字之外的意义(目的),而只是文字多样性"播撒"和"断裂",它是前逻辑的,不遵守逻辑语法规则,它把符号从语法和观念专制中解放出来,给符号以自由去游戏。对逻各斯和意义的解构所促成的符号的自由思想直接影响了后现代写作中的语言自治和文本自治的观念,"文本之外无他物",许多后现代主义文本正是在由语言狂欢拼贴成的文本中实现了对宏大和统一意义的话语的放逐和批判。

第二,利奥塔的思想。利奥塔质疑并力图解构西方思想传统中的整体性(totality)观念,把后现代主义看做对元叙事的怀疑。利奥塔认为,现代科学一般在自身之外寻求合法性的基础,依靠元叙事确立真理的准则。元叙事往往是综合性的,在规定真理条件的同时,它把所有知识统合为一个整体,德国的思辨哲学和法国的启蒙思想莫不如此。思辨叙事以压制实证科学为前提,因此为科学危机埋下了伏笔。同时思辨叙事以科学知识为知识的唯一范式,由此遮盖了其他形式的知识。启蒙思想追求天赋人权、人人平等自由,不追求对知识本身的追问能力,在这种叙事中,现实主体被视为知识的最终权威。元叙事所提供的整体画面其实潜伏着许多矛盾和裂痕,它们最终将导致立法的危机和整体的瓦解。后现代主义写作中的"元小说"、"编史元小说"等也是通过对叙事活动的虚构性的揭露使读者充分意识到一切历史、事实等都不过是叙述,并不存在一个绝对权威的叙述,这种写作就算不是直接受了利奥塔的影响,也是与利奥塔对元叙事的质疑是一致的,因为无论是文学,还是哲学,其思考都是始自现实的。

第三,福柯的思想。福柯强调研究方法的更新,以知识考古学和系谱学造诣而成为后现代思想大家。知识考古学主要研究分析某一特定时代文化现象和文化观念的出现、模式和基础,知识考古学探寻被传统思想史所忽略的知识的印迹和间断性证据,是历时间断性与共时连续性相结合的体系,传统思想史的主体性、连续性及起源性概念都被知识考古学所抛弃。福柯把话语视为档案或纪念物,分析各种不同的话语档案,认为话语呈现出知识的差异、断裂、间断、变动和分散形式。知识考古学是一种新的史学方法,有助于我们从新的角度解释传统史,尤其是思想史。福柯的系谱学主要探讨西方文化现象的世系关系,他关于精神病和疯癫的概念考古彻底颠覆了我们对这两个概念的传统认识。尼采在《道德系谱学》(*On the Genealogy of Morals*, 1887)中首先运用了系谱学方法分析道德问题。系谱学方法从严格的道德陈述出发,对人的价值进行分析,以达重估人的价值之目的。福柯的系谱学直接来自尼采,在《规训与惩罚》(*Discipline and Punish*, 1975)和《性史》(*The History of Sexuality*, 1976-1984)中,福柯把道德关系同非道德关系联系起来,揭示知识、权力和性之间的秘密,阐释知识如何为权力和性的因素所左右。系谱学研究权力和道德问题的目的,不为寻找它们的起源,而是要弄清近代西方社会的犯罪、性变态等人类反常现象究竟是怎么产生的,揭示这些反常现象的明确意义与演变关系。福柯的思想深刻地影响了后现代写作,特别是其中的族裔写作。族裔作家重写的族裔历史正是对西方统一理性思想的反拨,也揭示出殖民者如何以知识的名义用权力来统治殖民地、消灭殖民地的土著文化。

当然,除了德里达、利奥塔、福柯的思想以外,许多后现代哲学家的思想都深刻影响了后现代文学的创作、发展和批评,比如,哈桑的"内在不确定性"、博德里亚的"拟像"理论、怀特(Hayden White)的"新历史主义"等,以及詹姆逊、德勒兹、鲍曼(Zygmunt Bauman)、罗蒂、哈贝马斯等人的后现代思想都对后现代主义文学产生了较大的影响。

## 15 如何理解后现代主义文学中的"反讽"?

"反讽"(irony)是一种用来传达"言此而意彼"的表达方式。"反讽"来自希腊文 eironia,意指希腊戏剧中的一种角色类型,即佯作无知者。"eironia"在自以为高明的对手面前说傻话,但最后却证明这些傻话就是真理,从而使高明的对手大出洋相。因此,反讽的基本性质是假相与真实之间的矛盾及对这一矛盾的无知。反讽者假作无知,说的是假相,却暗指真相。

从古希腊的苏格拉底(Socrates)、亚里士多德(Aristotle),到18世纪的施格莱尔(August Wilhelm Schlegel)、黑格尔(Friedrich Hegel),至19世纪的克尔凯廓尔(Soren Aabye Kierkegaard)和20世纪的罗蒂、哈琴(Linda Hutcheon)等思想家都曾对"反讽"概念进行过深入探讨。德国浪漫主义的反讽诗学根植于哲学的方法论和思维方式,目的在于提醒人们注意自己可能陷入谬误。"反讽"作为一种文本策略也曾被新批评大大张举,反讽论被用来概括诗歌的辩证结构,反讽被视为诗歌最基本的原则,是所有伟大诗歌的共同特点。布鲁克斯(Cleanth Brooks)认为所有的好诗都存在这种矛盾统一的关系,都必须经得起反讽意义上的阅读。在语言学界,也有学者单纯从语义学角度研究反讽。格莱斯(Herbert Paul Grice)认为反讽是对会话合作原则中质的准则的违背;塞尔(John Rogers Searle)则从说话者的意图与语句字面的意义的特定关系上理解反讽。语义学的反讽观把反讽理解为"一种复杂的修辞策略,藉此人们可以言在此而意在彼"。[①] 新批评的反讽论曾被批评为

---

① Colebrook, Claire. *Irony*. London and New York: Routledge, 2004, p. 2.

"功能主义、系统主义和反历史主义"①,语义学的反讽研究则被批评忽视了反讽发生的社会、历史、文化背景等语用因素,阿塔朵(Salvatore Attardo)说得尖刻:"反讽完全是一个语用学现象,跟语义学没有什么关系。它完全依赖于语境,虽然涉及说话者的意图和目的,但却不仅限于此。文本中的反讽意味从不被直接说出,而是需要被听者揣度而出。"②

在后现代主义的文学实践中,反讽再次被广泛使用,反讽作为"后现代艺术最主要的修辞策略"③已经演变成为广义的文化政治实践,其不仅是语言的、文本的,更是行为的、结构的。在哈桑看来:"由于缺少基本的原则或范例。我们转向游戏、相互影响、对话、讽喻、自我反指——一句话,转向反讽。"④无论是在后现代建筑、后现代文学,还是后现代艺术中,反讽都成了一种举足轻重的艺术手段和话语策略,反讽已经成为与社会、历史和他人对话的特殊武器。与浪漫主义、新批评以及语义学的反讽观不一样,反讽在后现代不仅是简单的语义反转,反讽并非只包含已说的字面意思和未说的、与字面意思相反的实际意义。反讽的发生不仅仅依靠讲话者就能实现,听话者和具体的语境共同完成了反讽的使命。用哈琴的话来说,反讽者只是"使反讽产生",接受者才"使反讽生效"。⑤ 影响反讽生效的因素很多,并不是发现反讽者未言之意那么简单,这与听话者和语境都有关系。反讽在哈琴看来是一种"双重言说",并非简单的正话反说。反讽的生效并不产生于对已说的颠覆,而在于未说和已说之间的相互制衡。也就是说,已说和未说共同构

---

① Bove, Paul A. "Modern Irony and the Ironic Imagination", in *Contemporary Literature*, XXIII, 2 (1982).
② Attardo, Salvatore. "Irony as Inappropriateness", in *Journal of Pragmatics*, 32 (2000).
③ Hutcheon, Linda. *Splitting Images: Contemporary Canadian Ironies.* Don Mills: Oxford University Press, 1991, p. 32.
④ Hassan, Ihab. *The Postmodern Turn*. Ohio State University Press, 1987, p. 170.
⑤ Hutcheon, Linda. *Irony's Edge: The Theory and Politics of Irony.* New York and London: Routledge, 1995, p. 6.

成的第三层意义才是反讽意义。"反讽是一种双重言说的修辞格"。①

后现代反讽的这种双重言说功能使得它可以处在一个第三空间——既不顺从也不挑战,既不合谋也不颠覆,这是后现代反讽独特的文化政治实践。后现代反讽对后现代现实的抵抗与现代消费文化中日常生活主体的抵抗"战术"颇为相似,是菲斯克(John Fiske)所说的"权且利用"的艺术。后现代反讽者不再像他们的浪漫主义先辈那样幻想可以完全割裂自己与世界的关系,可以单从自我出发,相反,他们意识到自我总是与其意欲反叛、嘲讽的对象纠缠在一起,自己的每一次造反冲动,无不同时暗含着对对手的顺从和接受。② 这种"同谋性批判"就是后现代反讽的文化政治功能,也是后现代反讽的独特之处。这种策略尽管不够革命,不够激进,却"可能是当今时代我们能够保持严肃的唯一方式。"③

## 16 什么是"元小说"?

"元小说"(metafiction)最早由美国作家威廉·加斯(William Gass)在1970年出版的《小说与生活中的人物》(*Fiction and the Figures of Life*)中提出,意指"关于小说的小说"。④ 同年,斯科尔(Robert Scholes)在《爱荷华评论》(*The Iowa Review*)秋季号发表《元小说》("Metafiction"),首次对"元小说"进行了评述。元小说是一种直接关注小说创作本身的小说,小说创作是元小说的主要题材,包含着通过小说本身对小说理论的探讨,关乎小说的可能性和不可能性的问题。元小说通过揭示小说创作的虚构,提出了有关小说与现实之间关系的问

---

① Hutcheon, Linda. *Splitting Images: Contemporary Canadian Ironies*. Don Mills: Oxford University Press, 1991, p. 80.
② 参看陈后亮:"后现代视野下的反讽研究",见《社会科学论坛》,2010年第14期,第164页。
③ 琳达·哈琴:《后现代主义诗学:历史·理论·小说》,李杨、李锋译,南京:南京大学出版社,2009年,第54页。
④ Gass, William H. *Fiction and the Figures of Life*. New York: Godine, David R. Publishers, Inc. 1978, p. 25.

题。由于作者在小说中直接表达了对文本的艺术思考和质疑,小说便获得了不断反思自身并进行调整的意识,因此会产生一种能动的"自我意识"。换句话说,元小说就是"对整个叙述方式具有强烈自我意识"的小说。① 在元小说中,叙述行为直接成为了叙述的内容和对象。元小说的创作方式多种多样,在帕特里夏·沃(Patricia Waugh)的《元小说:自我意识小说的理论和实践》(*Metafiction: The Theory and Practice of Self-Conscious Fiction*,1984)中,她引用了 127 个元小说文本,列举出 20 种元小说策略。元小说的特点被沃概括为:"对创作想象力的颂扬和对自身再现能力的不确定;对语言、形式和写作行为极度的自我关注;对小说与现实之间关系的无所不在的踌躇;戏仿、游戏或过度故作幼稚的写作风格"。② 元小说的代表作有约翰·福尔斯(John Fowles)的《法国中尉的女人》(*The French Lieutenant's Woman*,1969)、多丽丝·莱辛(Doris Lessing)的《金色笔记》(*The Golden Notebook*,1962)、纳博科夫的《微暗的火》(*Pale Fire*,1962)以及威廉·加斯的《在中部地区的深处》(*In the Heart of the Heart of the Country*,1968)等等。

元小说在 20 世纪六七十年代后成为西方占主导地位的小说形态。但其实中国早期的评书中也有诸如"话说曹操"等对叙述者的叙述成分的强调。在西方,17 世纪塞万提斯(Miguel de Cervantes)的《唐·吉诃德》(*Don Quixote*,1605-1615)和 18 世纪斯特因(Laurence Sterne)的《项笛传》(*The Life and Opinions of Tristram Shandy, Gentleman*,1759-1767)可被视为最早的元小说。奥斯汀(Jane Austen)的《诺桑觉寺》(*Northanger Abbey*,1818),赫胥黎(Aldous Leonard Huxley)的《对格》(*Point Counter Point*,1928),以及纪德(André Gide)的《伪币制造者》(*The Counterfeiters*,1925)都可算作元小说。但元小说之所以能在 20 世纪六七十年代成为小说创作的主流是与整个后现代思潮的语言观、

---

① Hutcheon, Linda. *A Poetics of Postmodernism*. Cambridge: Routledge, 1988, p. 113.
② Waugh, Patricia. *Metafiction: The Theory and Practice of Self-Conscious Fiction*. London: Methuen, 1984, p. 2.

怀疑论及反思精神紧密相关的。捷姆斯列夫(Louis Hjelmslev)把指称另一种语言的语言称为"元语言"。"元语言"被用来说明普通语言的各种关系和指代意义,是普通语言的能指,是关于语言的语言。受到元语言观念的启发,小说家也在自己的小说创作中加入了关于小说的"元小说"因素,他们在"创造艺术形象世界的同时建立了一个抽象的批判世界,前者好比一个普通语言的文本,后者好比一个元语言的文本"。①

元小说的作者不再像现实主义作家那样相信小说可以再现真实,不仅如此,他们也不再相信一个确定和有序的现实。元小说坦承自己不过是虚构,对现实主义认为的语言可以指涉和表达现实的观念深深怀疑,并把自己的怀疑展示给读者。就像费德曼(Raymond Federman)所言,"在未来的小说中,一切对真实与想象、意识与无意识、过去与现在、真实与非真实的所作的区分将被废除……小说的首要目的将是暴露自身的虚构性。"②同时,元小说还将"小说的创作、阅读和批评视角融为一体,提醒读者注意其语言的虚构本性,从而与那种对小说人物和情节缺乏自我意识的认同拉开距离。与此同时,它也使读者意识到自己在阅读和参与文本意义生成过程中的积极角色"。③ 他们通过揭示小说世界的虚构性来瓦解统一理性的现实虚幻,因为在他们看来,虚构的东西相对于多变的现实具有更加永恒的意义,就如加斯所说,"现实世界吗?我听见你们说小说家笔下的世界并不存在。确实如此。不过需要加上一句——它们比哲学家的世界更加实在。"④

元小说的创作实践表明了小说中故事成分的退后、话语成分的前置。元小说不再把传统的故事和情节视为创作的重点,相反,叙述行为

---

① 江宁康,"元小说:作者和文本的对话",见《外国文学评论》,1994年第3期,第5—12页,第7页。
② Federman, Raymond. *Surfiction: Fiction Now and Tomorrow*. Chicago: Swallow Press, 1975, p. 8.
③ Hutcheon, Linda. *Narcissistic Narrative: The Metafictional Paradox*. New York and London: Routledge, 1991, p. vii.
④ Gass, William H. *Fiction and the Figures of Life*. New York: Godine, David R. Publishers, Inc. 1978, p.4.

本身成了小说的主角,故事是为了叙述而存在的。就像中国先锋作家马原所说,元小说不是关于冒险的小说,而是关于小说的冒险。元小说是后现代时期作家瓦解现实主义陈规的虚假和欺骗性,消解"真实"话语的一种文化批判实践。但对叙述技巧的过分看重使得元小说失去了传统小说的阅读审美体验,令人难以卒读。汤姆·沃尔夫(Tom Wolfe)就批评元小说表现了颓废的、自我陶醉的文学群体的症候。沃尔夫认为,"艺术至少明显地模仿点别的什么,而不是它自身的过程吧?"① 更为重要的是,元小说对艺术形式的极度关注使得元小说成为与外部世界没有联系的自闭的文本,使得它成为无休止的能指嬉戏,已经失去了它对现实的批判,从而沦为逃避和否认现实的文字游戏。

## 17 什么是"编史元小说"?

"编史元小说"(historiographic metafiction)是加拿大批评家琳达·哈琴提出的概念,用来表示"那些广为人知的通俗小说,它们既具有强烈的自我指涉性,又自相矛盾地宣称与历史事件和人物有关"。② 编史元小说对于历史的叙述性质和构建特征有着清醒的理论上的自觉,常常对传统形式和内容进行反思和重构。编史元小说具有元小说的自我指涉性,比如戏仿、反讽、邀请读者参与文本、作者对文本的闯入,以及对小说和历史的语言构建性的强调等特征。但是,编史元小说绝非能指嬉戏的游戏,而是"将文本自身机制生产和接受的过程再度语境化,置于它们赖以存在的社会的、历史的、审美的和意识形态的整个情境之中",③ 以实现它对现实和历史的反思,是曲高和寡的元小说与具有大众文化基础的通俗小说的联合。

编史元小说并没有抛弃现实主义和现代主义的传统,而是"既沿袭

---

① 转引自戴维·洛奇:《小说的艺术》,卢丽安译,上海:上海译文出版社,2010年,第231页。
② Hutcheon, Linda. *The Poetics of Postmodernism: History, Theory, Fiction*. New York and London: Routledge, 1988, p. 5.
③ Ibid, p. 40.

又妄用小说语言和叙述的传统,借以对现代主义的形式主义观念和现实主义再现论提出疑问。"① 沃也曾指出,"小说的未来将有赖于对传统惯例的转换而非抛弃。……当代激进元小说写作对有关小说本性的教谕是:不管是现代主义还是现实主义的教训,都不能轻易忘记。"② 编史元小说质疑现实的直接性、给定性和明晰性,并质疑语言对现实的再现,因为现实绝非仅仅是抽象语言的构造,而是被渗透着文化和意识形态影响的物质的语言所构造。因此,"一部小说绝不仅仅是语言和学术的一个自律的结构,它还自始至终受到它的语境(社会、历史和意识形态)的制约。"③ 编史元小说在为读者提供创造性或实验性的语言时,并不像现代主义者那样陶醉于文本自治的幻觉,而是充分吸取文化现实中的或边缘、或高雅、或通俗、或传统、或现代等的符码,以反讽或戏仿的方式表达对传统的批判性承继,是一种从现实内部反思现实的方式。这种方式,按照多克托罗(E. L. Doctorow)的说法,既有政治上的关联,又有美学上的关联。

作为典型的后现代主义小说,编史元小说的兴起与后现代历史观对自黑格尔以来的透明、线性、进步的历史观的怀疑和解构密不可分。后现代史家指出历史也是叙述,并不像历史学家所宣称的那般客观真实,历史与文学之间的界限并非泾渭分明。海登·怀特明确指出,"历史只有通过语言才能接触到,我们的历史经验与我们的历史话语是分不开的。"④ 因此,怀特认为我们应当将历史话语作为语言结构进行分析。历史中没有"事实"(fact),而只有"事件"(events),史学家按照一定的逻辑(戏剧的、悲剧的、浪漫的或反讽的)把事件叙述出来后才能

---

① Hutcheon, Linda. *The Poetics of Postmodernism: History, Theory, Fiction*. New York and London: Routledge, 1988, p. 24.
② Waugh, Patricia. *Metafiction: The Theory and Practice of Self-Conscious Fiction*. London: Methuen, 1984, p. 148.
③ Hutcheon, Linda. *The Poetics of Postmodernism: History, Theory, Fiction*. New York and London: Routledge, 1988, p. 104.
④ 海登·怀特:《后现代历史叙事学》,陈永国、张万娟译,北京:中国社会科学出版社,2003年,第292页。

出现所谓的"事实"。用哈琴的话来说,"一切过去的'事件'都是潜在的历史'事实',但真正成为'事实'的只能是那些被挑选出来并得以叙述的。……哪些成为事实就要视历史学家所处的具体社会文化语境而定。"①在这样的后现代史观影响之下的编史元小说与相信历史的客观和真实的传统历史小说是截然不同的。

哈琴在对比了卢卡奇(György Lukács)对传统历史小说的研究后指出,首先,历史小说的主人公是类型化的,他综合了一切人类和社会的基本决定因素。而编史元小说的主人公则是虚构的历史里被边缘化的外围人物,比如《拉格泰姆时代》(*Ragtime*,1975)里的沃克一家,《马戏团之夜》(*Nights at the Circus*,1984)中的费弗尔一家等。第二,传统历史小说不重视细节,因为细节只是获得真实性的手段,是为了表明某一具体情境的历史必然性。而编史元小说则看重历史的细节——尽管它们对这些细节的处理方式往往是戏仿和嘲讽的,作者往往故意弄错一些人所共知的史实以说明历史纪录的不可靠。编史元小说把细节的筛选呈现在读者面前,使我们看到他们搜集史料的行为以及为确定其叙述顺序而做出的努力。编史元小说承认过去事实的矛盾,但并不承认我们当代人能够走进存在于文本的过去。第三,传统历史小说中真实的历史人物往往被降格为配角,其存在是为了证明虚构世界的真实性。而编史元小说中这些真实人物就是主人公,但它不忘提醒读者这只是虚构的历史,从而达到对历史的质疑和对现实的讽喻。

哈琴认为,与激进的认为文本之外无他物的解构主义观点不同,编史元小说在指出历史和小说的对立原则依然存在的同时,强调对话原则对二者的适用。读者在阅读编史元小说时既能意识到小说的虚构性,同时也能意识到小说中的历史材料是基于真实事件的。在编史元小说中,历史和虚构始终处于一种既对立又统一、既相互矛盾又互为补充的不确定的关系中,以此,我们可以看到它对绝对知识的质疑及对历

---

① Hutcheon, Linda. *The Politics of Postmodernism: History, Theory, Fiction*. New York and London: Routledge, 1988, p. 75.

史事件的意识形态内涵的揭示。但是,编史元小说对历史的戏仿挪用也遭到了詹姆逊等人的批评,认为这体现了后现代文化无法应对历史的危机。詹姆逊曾点名批评多克托罗的《拉格泰姆时代》,认为其"精神分裂式的"叙事风格使得"读者在阅读时实在无法体验到具体的历史境况,主体也实在无法巍然屹立于扎实的历史构成之中"。① 艾伦·伍德(Ellen Meiksins Wood)则直斥"后现代主义知识分子们暴露出了他们是群根本不顾历史事实的人"。② 然而,编史元小说也是詹姆逊所倡导的"历史化"实践的努力,这种实践使得我们对历史进行了重新思考,是一种反思历史的实践,其信念可以用多克托罗的话来进行总结:一本书可以影响意识——影响人们思考进而去行动的方式。

## 18 什么是"黑色幽默小说"?

"黑色幽默小说"是一种兼具现代主义和后现代主义艺术特征的文学形式,主要活跃在20世纪50年代末到70年代初的美国。"黑色幽默"(black humor)一词最早源于法国超现实主义诗人、批评家安德烈·布勒东(André Breton),是一种"自我"战胜外部世界创伤的极端方式,是一种"黑色"的"幽默"。按照弗洛伊德的看法:幽默的奥秘在于一些人在遇到极大的精神挫折时所具有的、将心理中心由"自我"转移到"超我"上来的极大可能性。黑色幽默因而是作家面对荒谬现实的一种自觉嘲讽,其喜剧特征将其与同样反映现实荒诞的存在主义文学区别开来。

黑色幽默的产生有其特定的时代背景。20世纪50年代初,朝鲜战争结束后美国的社会矛盾尤其是劳资矛盾异常尖锐,同时,麦卡锡主义的横行也使整个社会形成了压抑窒息的氛围;60年代美国又卷入越南战争,战事的失利和美军惨痛的伤亡,使西方民主思想、道德观念、人生的理想和信念在现实面前都受到了怀疑。同时,美国中、小资产阶级对

---

① Jameson, Fredric. *Postmodernism, or the Cultural Logic of Late Capitalism*. Durham, NC: Duke UP, 1991, p. 23.
② 艾伦·伍德、约翰·福斯特:《保卫历史:马克思主义与后现代主义》,郝名玮译,北京:社会科学文献出版社,2009年,第11页。

共产主义革命又抱有先天恐惧心理,他们因此进退维谷,无所适从。黑色幽默作品就是在这样的社会文化背景下诞生的,这些作品带着浓重的荒诞、绝望、阴暗甚至残忍的色彩,以一种无可奈何的嘲讽态度,表现环境和个人(即"自我")之间的互不协调,并把这种互不协调的现象放大、扭曲,使之不仅荒诞不经、滑稽可笑,同时令人感到沉重和苦闷。1965年,美国作家布鲁斯·弗里德曼(Bruce Friedman)将60年代以来的美国报刊上发表的具有黑色幽默风格的12名作家的作品,编成一本小书出版,取名为《黑色幽默》(*Black Humor*)。弗里德曼说,"尽管你希望别人用其他的名字来命名它,或许不给它名字,只知道它存在于空气之中,但毕竟有了黑色幽默这种东西。"[1]同年,美国评论家尼克伯克(Conrad Knickerbocker)发表了《致命一蜇的幽默》("Humor with a Mortal Sting")一文,明确将这类作家称为"黑色幽默"派。

黑色幽默又被称为"荒诞的幽默、变态的幽默、病态的幽默",是一种"把痛苦与欢笑、异想天开的事实与平静得不相称的反应、残忍与柔情并列在一起的喜剧"。黑色幽默小说往往通过反英雄形象的荒诞命运折射社会整体和人类的共同命运。现实的灾难在黑色幽默小说中绝非只是小说人物个人的困境,而是人类普遍困境的象征和表征。因此,黑色幽默小说在艺术形式上常常采取具有充分象征意义的场景和人物,借助于碎片、拼贴等各种夸张手法来表现现实的荒诞和无奈。纳博科夫、冯内古特(Kurt Vonnegut)、品钦(Thomas Pynchon)都曾创作出非常优秀的黑色幽默作品。

约瑟夫·海勒也是黑色幽默的一代宗师,他的《第二十二条军规》(*Catch 22*, 1961)被认为是黑色幽默派的代表作之一。《第二十二条军规》的"黑色幽默"叙述风格影响了后来的很多作家,开创了20世纪60年代黑色幽默文学的先河,也直接影响了美国的后现代主义文学。

《第二十二条军规》的故事发生在第二次世界大战期间位于地中

---

[1] 转引自 Pratt, Alan A. *Black Humor: Critical Essays*. New York: Garland Publishing Inc, 1993, p. 24.

海小岛上的美国某飞行大队。但《第二十二条军规》绝非仅是一部战争小说,海勒本人曾经说过,"我对战争题材不感兴趣。在《第二十二条军规》里,我的兴趣也不在战争上,我感兴趣的是官僚权力机构中的个人关系。"[1]这部小说的"黑色"主要体现在小说的主题和人物命运上。整部小说人物众多,事件繁杂,却始终围绕一个中心:第二十二条军规。第二十二条军规在小说中是整个社会极端异化的象征符码,暗示了一个没有理性的悖论世界。"在所有人的命运中,似乎都有某种无法违拗的荒诞因素在起作用。由于它的恶作剧,出现了一片非理性的混乱局面,诸如名不副实、因果颠倒、事与愿违等。"[2]这条军规实际上就是一个圈套,它没有明确的条文,却无处不在,成为美国社会压迫制度、专制势力的象征。小说中有一类人物代表着统治机构。卡思卡特上校为了升官不顾士兵死活;沙伊斯科普夫少尉孜孜不倦地探讨如何把有自由意志的士兵训练成心灵麻木、听从指挥的机器人;布莱克上尉为了整垮梅杰少校而发起的效忠宣誓运动害得士兵连吃饭都要签誓约、唱军歌;食堂经理兼跨国公司老板迈洛中尉投机倒把,内外勾结,大发战争财,所有官兵,包括德国官兵,都成为他建立的辛迪加的股东,德国飞机只要贴上辛迪加标签便可在美国空军基地畅行无阻,甚至轰炸美军。这些人形成了军事势力与经济势力相勾结的统治集团。金钱是他们的原则,第二十二条军规是维护这个集团利益的"正大光明"的圈套,而士兵的生命则是无谓的牺牲品。尤索林看清了这一切,他一次次装病逃避飞行。在一次飞行中,斯诺登中弹,五脏六腑全倒了出来,尤索林一连几天赤身裸体拒绝穿上军服。最后,他以开小差来对付卡思卡特提出的出卖灵魂的交易。

小说的"幽默"主要是表现形式的幽默,小说主题的"黑色"也被情节和语言的"黑色""幽默化"。海勒在以现实主义笔法描写空中屠杀

---

[1] 转引自刘象愚等:《从现代主义到后现代主义》,北京:高等教育出版社,2008年,第391页。
[2] 钱满素:《美国当代小说家论》,北京:中国社会科学出版社,1987年,第148页。

时融入大量的笑料;在描写军队的猥亵行径时,他却使用优雅的文风;在描写军队空虚迷惘的精神状态时,他文笔故意刻薄、狡黠。小说用漫画和夸张的手笔来凸显战争的非人性和非理性,使读者无法不正视其赫然存在的荒唐。正如第二十二条军规的内容所规定的:只有一条军规,那就是第二十二条军规。它明确规定,一个人面对真正即将来临的危险考虑自身的安全是精神正常的表现。奥疯了,因而可以免去他的轰炸任务。他只需要请示一下即可。但如果他请示的话,他就不再被认为是疯子,从而不得不承担更多的轰炸任务。奥如果承担更多的轰炸任务,他将是疯子,不承担才是正常的。但如果他头脑正常的话,就得承担任务。如果他承担任务他就疯了,因而可以不必承担;但如果他不愿承担,他便是正常人,因而必须去承担。全书荒诞可笑但却引人入胜,该书由此成为当时大学校园里人人争相阅读的文学作品,并为黑色幽默文学定下了基调。

## 19 什么是"超文本小说"?

"超文本小说"(hypertext fiction)是20世纪90年代在美国首先兴起的一种后现代主义创作的新形式。"超文本"(hypertext)是由在线出版系统的早期开发者、美国人纳尔逊(Nelson Algren)于1965年创造的新词。超文本小说也被称为"超文本文学",或者"超链接小说"。与传统文学不一样的是,超文本小说通过超链接技术把文字、图片、影音等都与小说文本自身"互文"在一起,成为一种超级小说。读者得以高度参与,他们可以自由发挥,即兴创作,真正是"一千个读者、一千个哈姆雷特"。由此,过去由于物质和技术的限制而被禁锢的人的意志和欲望,都因网络技术的发展,得到了表达和宣泄。斯特因的《项笛传》作为第一部明显标出书页之间的交叉参考的小说,常被视为超文本小说的鼻祖。乔伊斯的《芬尼根守灵夜》则被视为超文本小说的先驱,因为它"编织了一个提及上万种其他书籍的网络,并且常常在其他地方互指。……这本书具体体现了超文本的结构形状,它是非线性和联想式文体的极品,其中包含一大堆暗扣和重现的主题。乔伊斯在这本书上花了17年工夫,他的风格是非线性的,与典型使用文字处理软件的人没有什么两样。这部著作没有开头、没有中间、也没有结尾"。① 1987年美国计算机协会召开了第一届超文本会议,麦克·乔伊斯(Michael Joyce)在那次大会上发布了他的超文本小说《下午,一个故事》(*Afternoon, a story*),小说于1990年由东门系统公司以磁盘的形式发行。

超文本小说的非线性、互动性、开放性、非中心化和未完成等特点是对传统文学的彻底颠覆。后现代文学的所有特征都被超文本小说所继承,并发展到了极致。第一,从情节上来看,超文本小说更加没有统一的情节,甚至连形式上的情节都被绝对松散的结构、断裂的语意等彻底瓦解。第二,作者的叙述主体完全被消解,读者现在可以决定情节的发展和人物的命运。如果《法国中尉的女人》有三个结局的话,超文本小说的结局可以说是无限的——如果我们考虑到互联网的巨大链接空间的话。而且,读者每次的阅读完全可以得到截然不同的情节和脉络,这些小说真正是"可读文本"。第三,超文本小说打破了传统的文学创作观念。从某种意义上来说,作家的职业现在要靠读者来一起实现,否则超文本小说就会失去文学性而被淹没在互联网巨大的黑洞之中。可以说超文本文学实现了德里达、巴特等后现代主义哲学家所提出的解构主义思想,而且,这是一种基于建构的解构实践,正是后现代主义建设性一面的体现。

在美国,超文本文学已经进入大学课堂。1992年前后,美国小说家罗伯特·库弗(Robert Coover)首先在布朗大学开设了超文本小说写作班;詹妮特·马利(Janet Murray)教授也在麻省理工学院开设了"交互式非线性小说"课程。超文本文学是现代计算机技术与后现代主义文本理论联姻的产儿,其以互联网技术为依托,代表了后现代主义文学,特别是网络文学的重要发展方向。

---

① Landow, George P. "What's a Critic to Do? Critical Theory in the Age of Hypertext", in *Hyper/Text/Theory*. Ed. George P. Landow. Baltimore: Johns Hopkins University Press, 1994, p. 1.

# 三、国别篇

## 20 法国后现代主义文学的主要艺术特征是什么?

法国后现代主义文学主要由荒诞派戏剧和"新小说"构成,在后现代主义文学潮流中举足轻重。

荒诞派戏剧是由从波德莱尔(Charles Pierre Baudelaire)到马拉美(Stéphane Mallarmé)为代表人物的法国"疯癫派"诗歌、达达主义、超现实主义、精神分析学派以及现代主义文学发展而来的,于20世纪四五十年代开始形成,到六七十年代达到鼎盛。荒诞派戏剧深受现代主义和存在主义的影响,但与现代主义不同的是,其不再试图为荒诞寻找意义,不是"为艺术而艺术",而是干脆取消了艺术与日常生活的区别,是一种"反艺术"实践;它也不像存在主义戏剧那样以理性的形式表现荒诞的内容,试图在反抗中保持人的尊严并达到自我的拯救,而是以荒诞表现荒诞,因为一切都是荒诞,不拘是生命、语言,还是戏剧。尤金·尤内斯库(Eugène Ionesco)曾说他之所以喜欢写剧本,就是因为他讨厌戏剧,荒诞就是本体存在的意义。荒诞派戏剧取消了情节、人物、主题,甚至连正常的语言都消失了,其大量使用直喻、象征、变形等戏剧语言和离奇怪诞的舞台形象,将人生的荒诞状态直观地呈现在舞台上,拒斥意义,拒斥"人道主义"。尤金·尤内斯库是荒诞派戏剧的奠基人,他第一次将荒诞派戏剧搬上戏剧舞台。他的第一部戏剧《秃头歌女》(*The Bald Soprano*, 1949)的副标题是"一部反戏剧",该剧从内容到形式,甚至连名字都体现了"荒诞"的主题。塞缪尔·贝克特是另一位著名的荒诞剧作家,他早期用英语写作,主要写小说,后期主要用法语创作戏剧,但其作品一贯的主题都表现出鲜明的荒诞派特点。贝克特1969年获得诺贝尔文学奖,他的《等待戈多》(*Waiting for Godot*, 1952)被誉为"荒诞派"戏剧的经典之作。阿多诺曾说:"尽管荒诞艺术反映了人类进退两难的痛苦处境,它的纯粹存在作为这种痛苦的表现,却容忍了作为'无差异状态'的现状的单纯延续。荒诞艺术由于给实在的苦难提供了幻想的避难所,即对'未来救赎'的期待,所以,它已经变成了一种安抚。在艺术中令统治者如此恼怒的无用的东西,现在已转化为被普遍认同的否定性,或者转化为某种负面有用的东西,成为非真实的、专为愤世嫉俗者所准备的发汗药,从而也甚至成为现状秩序系统的润滑剂。"①

"新小说"与荒诞派戏剧几乎同时出现在法国文坛,以阿兰·罗伯-格里耶(Alain Robbe-Grillet)为代表,其反对以巴尔扎克为代表的传统现实主义小说创作,自称"反小说"。罗伯-格里耶认为从前的小说对外界事物和人的描写注重它们所代表的含义和象征,但"事物就是事物,人只不过是人"。新小说首先要将人和物的存在表现出来,"以人物为主体的小说完全属于过去,它标志着一个时代:一个推崇个人的时代。"罗伯-格里耶在《未来小说之路》(*For a New Novel*, 1963)中指出,"我们必须制造出一个更实体、更直观的世界,以代替现有的这种充满心理的、社会的和功能意义的世界。让物件和姿态首先以它们的存在发生作用,让它们的存在驾临于企图把它们归入任何体系的理论阐述之上,不管是心理学、社会学、弗洛伊德主义,还是形而上学的体系。"②新小说叙述角度多变,取消了故事情节和典型人物的塑造,多有时空颠倒,以此表现当代西方漂浮不定的片段现实和被肢解为碎片的个体存在,不厌其烦地对物进行静态"写生",彻底摈弃了小说的社会

---

① 转引自高宣扬:《后现代论》,北京:人民大学出版社,2005年,第462页。
② 罗伯-格里耶:《未来小说之路》,见柳鸣九编选:《新小说派研究》,北京:中国社会科学出版社,1986年,第63页。

意义和以人物为中心的人道主义,与后现代主义所标榜的"深度消失和平面写作"不谋而合。此外,新小说的蒙太奇和拼贴手法,以及戏仿与元创作等也与英美后现代主义美学并无二致。新小说以"物本主义"创作反对"人道主义"的写法被指责为对人的否定,以及要把人从世界驱逐出去。对此,罗伯-格里耶曾反复声明他不是要否定人本身,而是要抛弃传统人道主义和一切人道主义中"泛人的观点"。

## 21 德语后现代主义文学的发展历程和主要艺术特征是什么?

后现代主义文学在德语文学中的发展首先是由美国文学批评家莱斯利·阿·菲德勒激发的,随后,意大利作家艾柯(Umberto Eco)的《玫瑰之名》(*The Name of the Rose*, 1980)和捷克流散作家米兰·昆德拉(Milan Kundera)的《生命中不能承受之轻》(*The Unbearable Lightness of Being*, 1984)在德国的大获成功使得后现代主义文学的地位在德国得到确立。1968年,菲德勒在弗莱堡大学召开的文学会议上宣称托马斯·曼和詹姆斯·乔伊斯为代表的现代主义文学已经成为历史,开启了德国文学界关于后现代主义文学的讨论。这场讨论持续的时间并不长,主要在一些青年作家身上产生了影响,他们的作品放弃了艺术性、深度和意义等为现代主义所推崇的标准,主张"画面性、表面性、直接性、多样性及文本对读者的开放性"。[①] 不过,后现代起初在德国并不被接受,而是被以阿多诺和哈贝马斯为代表的左派知识分子视为一种新的保守主义。20世纪七八十年代,现代主义文学仍占据着重要位置,"新主体文学"非常流行,它们是反意识形态和权威运动的直接产物,这些作品从社会场景中退回到内心世界,注重描写自我和个体的痛苦。

真正把后现代带入德国思想界的是哈贝马斯,他于1980年在《现代性——一项未竟的计划》中将后现代主义贬为新保守主义,认为其阻碍了启蒙的继续。正是哈贝马斯的批判使得后现代话语真正进入了德

---

① 转引自谢建文:"德国文学中的后现代印痕",见《解放军外国语学院学报》,2005年第5期,第86页。

国思想界。沃尔夫冈·韦尔施(Wolfgang Welsch)直接推动了后现代思潮在德国的发展,他的《我们的后现代之现代》(*Unsere postmoderne Moderne*, 1988)等著作影响巨大。此后,后现代主义文学作品如《香水》(*Perfume*)、《年轻人》(*Der junge Mann*)等开始取代"新主体文学"成为文学主要潮流,"向一种无度的画面性、差异所产生的吸引力、向熟悉之物的文学性殖民化形式敞开","重拾起想象、魔幻,以及由运用种种熟悉的风格手段而形成的戏仿性突变和场景的反讽性破坏。"①从80年代起,德国成为继英国、拉丁美洲、法国和意大利等国和地区之外的又一个后现代生长点,出现了如彼得·汉得克(Peter Handke)等著名的后现代主义作家。德国后现代主义文学观念深受韦尔施思想的影响,因此,在德国,后现代主义首先放弃了对统一、整体、中心和意义的元话语的信任,包括奥地利作家在内的这些德语后现代主义作家最大的共同点就在于对统一中心的避而远之。这些后现代主义文学作品有着后现代文学普遍特征,如创作手法上多采用混杂、反讽、戏仿、互文等,消除了精英文化与大众文化的界限,文本向读者开放等等。

## 22 英国后现代主义文学的主要艺术特征是什么?

对于英国后现代主义文学的兴起时间,批评家们并没有一致的意见。英国小说家和评论家戴维·洛奇(David Lodge)指出,从19世纪中叶到20世纪中叶,现代主义和后现代主义一直呈"钟摆"式运动,大约每十年交换一次,到了20世纪60年代,后现代主义文学成为主流。美国文论家哈桑则将现代主义巨匠乔伊斯的《芬尼根守灵夜》(1939)视为后现代主义文学的开端,认为《芬尼根守灵夜》是后现代的最好作品,是一种新的文学预兆和理论。威廉·范·奥康诺(William Van O'Connor)则将20世纪50年代兴起的所谓"大学新才子",即菲利普·拉金(Philip Larkin)、爱丽丝·默多克、金斯莱·艾密斯等视为英

---

① 转引自谢建文:"德国文学中的后现代印痕",见《解放军外国语学院学报》,2005年第5期,第87页。

国后现代主义文学的代表。英国后现代主义文学采取了比现代主义更为极端的形式,创作手法上尊崇不确定性原则。针对英国后现代小说,戴维·洛奇总结出六个特点,即矛盾、并置、非连贯性、随意性、比喻的极度引申、虚构与事实的短路。

英国后现代主义文学与美国及欧洲其他国家的后现代主义文学并不完全一样,尽管它们都模糊了真实与虚拟的界限,打破了高雅文化与通俗文化的壁垒,都采用戏仿、拼贴、碎片等创作手法,但英国后现代主义小说始终受到现实主义的影响,没有美国或欧洲其他国家的后现代形式那么激进。正如马丁·艾米斯(Martin Amis)所说,"我可以构想这样一种小说——像阿兰·罗伯-格里耶的小说那样复杂难懂,那样超脱、精湛,而又同时具有使人联想起简·奥斯汀那种令人感到满意的流畅和情节的幽默。"①英国后现代主义文学领域最为著名的作家包括贝克特、戈尔丁、福尔斯、多丽丝·莱辛、马丁·艾米斯、爱丽丝·默多克、穆瑞尔·斯帕克(Muriel Spark)、劳伦斯·德雷尔(Lawrence Durrell),以及20世纪50年代以约翰·韦恩(John Wain)和金斯莱·艾密斯为代表的"愤怒的青年"等,他们之中贝克特、戈尔丁、莱辛等曾获得诺贝尔文学奖,《等待戈多》、《法国中尉的女人》、《金色笔记》、《亚历山大四重奏》(*The Alexandria Quartet*, 1957-1960)等也已经成为后现代文学的经典之作。

## 23 俄罗斯后现代主义文学的发展过程和主要艺术特征是什么?

俄罗斯后现代主义文学在20世纪90年代初成就蔚然之势。1988年10月,在当时还是苏联加盟共和国的拉脱维亚的国立大学的一个国际研讨会上,多数参会者指出,"后现代主义是存在的,已经到了理直气壮地讨论它的时候了。"②1990年,著名批评家、《旗》杂志的主编更在

---

① 转引自王佐良、周珏良:《英国二十世纪文学史》,北京:外语教学与研究出版社,1994年,第905页。
② 转引自张捷,"俄罗斯文学后现代主义思潮的起伏",《文艺理论研究》,2010年第2期,第36—43页,第36页。

《文学报》上为后现代主义摇旗呐喊:"后现代主义正在全国阔步前进!"①但批评界对后现代主义文学的态度并不一致。伊·伊里因赞赏后现代主义代表了"20世纪末的时代精神",象征着文学对意识形态控制的摆脱,有助于根除俄罗斯文化发展中的极端性,将人们从绝对命令和神话思维中解脱了出来,是自由的胜利;赞赏者肯定后现代主义是唯一正确和有希望的流派。反对者则认为"后现代主义是疲惫不堪的文化游戏,是转向总体的嘲讽,是末日的情绪"。②库兹涅沃夫批评"后现代主义在文学中的蔓延使得俄罗斯文学和文化土壤化为灰烬,众多作家变得一贫如洗"。③索尔仁尼琴也认为"后现代主义"术语的构成就是不合理的,后现代主义则是一个"危险的反文化现象,其中没有任何鲜活的东西,里面的一切都散发着腐朽的味道"。④褒也好,贬也罢,都不会妨碍如今我们在后现代主义逐渐归于沉寂之时对这一文学、文化现象进行梳理和反思。

按照较为普遍的观点,俄罗斯后现代主义文学的发展大致经历了三个阶段。第一个阶段是20世纪60年代末至70年代初的形成期。在这一阶段,俄罗斯后现代主义文学还处于"地下写作"状态,代表作品有阿勃拉姆·捷尔茨的《与普希金散步》和维尼吉克特·叶罗费耶夫的《从莫斯科到彼图什基》等。这一时期的作品的主要特征是运用新的语言手段,通过傻子或疯子的形象来解构苏维埃单一的意识形态和文化。20世纪70年代末到80年代末是俄罗斯后现代主义文学的第二个阶段,即确立阶段。在这个阶段出现了"流行艺术"、"社会艺术"及"莫斯科浪漫主义的概念主义"等后现代诗歌流派,小说领域则细分出了抒情型的后现代主义、精神分析型的后现代主义以及忧郁型的后现代主义小说。著名的诗人和小说家有普里戈夫、铁木尔·基比罗夫、

---

① 转引自张捷,"俄罗斯文学后现代主义思潮的起伏",《文艺理论研究》,2010年第2期,第37页。
② 王宗琥:《俄罗斯的后现代主义文学》,北京:人民文学出版社,2002年,第316页。
③ 同上。
④ 同上。

叶夫盖尼·波波夫、维克多·叶罗费耶夫等。这个时期的后现代作品已经在民间广为流传，但由于官方的禁止仍然处在地下状态。第三个阶段是20世纪90年代，俄罗斯后现代主义文学在这一阶段迎来了全面的发展和繁荣。随着苏联的解体，后现代主义文学成为了俄罗斯文学领域"公开、合法"的现象。在这一时期，作家的群体不断扩大，也出现了不少具有后现代主义倾向的杂志和文学刊物。作家们开始更多地尝试各种体裁的写作，艺术探索的形式更加多样。同时，俄罗斯除了大量译介西方后现代理论家的著作，比如罗兰·巴特、让·博德里亚、米歇尔·福柯、雅克·德里达、雅克·拉康等的作品，俄罗斯批评家也逐步开始建立自己的后现代主义美学和文学理论。

作为世界后现代主义文学的一个支派，俄罗斯后现代主义文学诞生于俄罗斯特定的社会历史环境中，既具有后现代主义文学普遍的美学样态，也有着俄罗斯所独有的特质。具体来说，对统一中心和理性的瓦解以及多元的创作方式是他们所共有的美学原则，即使在同一作品中，语言、模式和方法都要多元化。俄罗斯文论家利波维茨基将俄罗斯后现代主义文学的审美特性概括为"互文性、游戏性和对话性"。如果说互文、游戏和对话等美学特质并非为俄罗斯后现代主义文学所独有，俄罗斯后现代主义文学不同于欧美西方后现代主义文学之处主要在于它的政治属性。俄罗斯后现代主义文学在很大程度上是政治化的文学，是对俄罗斯帝国问题的另类叙述，其目的是在美学上对苏维埃时期的集权主义现实进行抗争和批判，是苏联解体、后苏联到来的重要力量，是对意识形态所建构的俄罗斯帝国的文化解构实践。当代俄罗斯作家在后现代主义小说中通过夸张、怪诞、狂欢、反讽等方法对苏维埃的历史进行重写，表现出对十月革命的反思与怀疑，否认十月革命是俄国历史上的一次伟大变革，将其视为充满暴力、死亡、流血和牺牲的民族悲剧，借以批判一元意识形态和极权主义体制。但其对苏维埃国家在政治、经济、文化等方面成就的全面否定也导致了一种历史虚无主义。

## 24 加拿大后现代主义文学的主要艺术特征是什么?

加拿大后现代主义文学的成就主要是通过琳达·哈琴而为世界所了解,她从加拿大后现代主义小说文本所提炼的"编史元小说"概念已经成为后现代主义文学领域的一个重要文类。

20世纪的70年代和80年代,后现代主义潮流开始波及加拿大,并形成了加拿大特色的后现代主义文学。尽管人们对现代主义与后现代主义的区别争论不休,哈琴通过对比加拿大现代主义文学作品——希拉·沃森(Sheila Watson)的《双钩》(*The Double Hook*, 1959),和后现代主义作品——玛格利特·劳伦斯(Margaret Laurence)的《占卜者》(*The Diviners*, 1974),指出在后现代主义作品中,那种为艺术而艺术的自觉意识变成了联系社会与历史的新方式,这种转变是通过对有关艺术的社会功用的人文主义的观念的挑战而实现的。哈琴认为美国的以"超小说"为代表的极端抽象的文本变化和自我指喻只是后现代主义的一种形式,后现代主义还包含着更多的矛盾和问题。后现代主义一方面构建艺术的程式和表现形式,另一方面又破坏这些程式和表现形式,这说明了其对现代主义自律性,以及怀疑任何带有明确指喻意义的现实主义观念的怀疑。也就是说,哈琴认为,后现代主义小说既非自律自足的艺术,也不是对外在世界的再现或洞察。

后现代主义的反对中心或"边缘"观念正是加拿大民族特点的一个方面,因为加拿大无论在民族意识、政治或文化上都不存在中心的概念。从某种程度上来说,"加拿大的民族特色是通过区域的特点体现的,比如魁北克省、沿海诸省和西部地区各自迥异的特点。它的历史就是与中心概念格格不入的历史。"[①]由于加拿大的历史,也由于她分裂的区域和民族意识,加拿大"主要的历史人物几乎都是后现代主义的产物",加拿大作家对于后现代主义的反讽和自相矛盾自有一种亲切感。如果说解构是后现代一个重要的特征的话,它在加拿大的文学艺术中

---

① 琳达·哈琴:《加拿大后现代主义——加拿大现代英语小说研究》,赵伐、郭昌瑜译,重庆:重庆出版社,1994年,第17页。

就找到了特别的共鸣,因为加拿大作家必须首先要解构英国的社会和文学神话,以便重新确定自己作为殖民地的历史,而且,他们还要摆脱法国的和美国的影响焦虑。加拿大作家对美国的后现代主义小说创作方式做出了明显的反应,但在加拿大并不存在极端形式主义的"超小说"。福格尔(Stanley Fogel)甚至认为在加拿大文学中根本就不存在"元小说",因为"在形式的实验和意识形态的参与方面,加拿大文学缺乏与元小说的联系,其原因是加拿大作家没有负担美国小说家那种'意识形态'的包袱"。[1] 哈琴则认为加拿大并非没有意识形态的包袱,只不过她的包袱更多的是作为殖民地的保守的文化历史。加拿大后现代主义小说中最能代表后现代主义自相矛盾的特征的小说是"编史元小说",其不仅是彻底的自我观照的艺术,还根植于历史的、社会的和政治的现实之中。在编史元小说中,我们被带进想象的世界,结果却与历史的世界相遇。我们看到,历史的"事实"是对原始"事件"的系统地构建,是由作家和读者赋予意义的旧事。

总而言之,加拿大独特的历史和民族特性与后现代主义重差异、斥统一的理念是一致的,后现代主义还把加拿大人在文学中对区域主义的关注转化为对差异、局部和特殊事物的关注,"加拿大小说家已经把现实主义的区域概念重新变成了后现代主义的差异概念。"加拿大后现代主义的实质便是"赋予特殊事物以实质,以(正在形成的)区域的非中心性而自豪"。[2]

## 25 拉丁美洲后现代主义文学的发展过程和主要艺术特征是什么?

拉丁美洲后现代主义文学的主要形式是魔幻现实主义。博尔赫斯、马尔克斯(Gabriel García Márquez)以及略萨(Mario Vargas Llosa)

---

[1] 琳达·哈琴:《加拿大后现代主义——加拿大现代英语小说研究》,赵伐、郭昌瑜译,重庆:重庆出版社,1994年,第16页。
[2] 同上,第36页。

等作家是拉美魔幻现实主义文学的杰出代表,马尔克斯和略萨都曾荣获诺贝尔文学奖。"魔幻现实主义"最早是 1925 年弗罗茨·罗(Franz Roh)在描述德国后期表现主义绘画时所创造的词,因为这些绘画通过精确的写实手法,描绘了对象或对象的局部,并把它们放在非真实的环境或整体中,从而把隐藏在事物背后跳动的神秘表现了出来。1948 年,委内瑞拉小说家和批评家乌斯拉尔·比特里(Arturo Uslar Pietri)在他所著的《委内瑞拉文学和人》(*Venezuelan Literature and the People*)中首次将魔幻现实主义之称用于叙事文学。墨西哥作家胡安·鲁尔福(Juan Rulfo)于 1955 年创作的《佩德罗巴拉莫》(*Pedro Páramo*)是魔幻现实主义作品的先驱,60 年代,博尔赫斯的魔幻现实主义短篇小说《迷宫》("Labyrinths", 1962)在欧洲引起轰动,马尔克斯的《百年孤独》(*One Hundred Years of Solitude*, 1967)则是魔幻现实主义的代表作品,也为作家赢得了 1982 年的诺贝尔文学奖。

在魔幻现实主义小说中,作者的根本目的就是试图借助魔幻来表现现实,而不是把魔幻当作现实来表现。小说中的人物、事物,和事件本来就是可以认识的,是合理的,但是作者为了使读者产生一种怪诞的感觉,便故意把它们写得不可认识、不合情理,并拒绝给以合理的解释,像魔术师那样变幻或改变了它们的本来面目。于是,"现实在作者的虚构想象中消失了……在现实消失(即魔幻)和表象现实(即现实主义)之间,魔幻现实主义所产生的效果就像观看一出新式的剧目一样令人惊叹,也像在一个新的早晨的阳光下用新眼光观察世界:其景象即使不是神奇的,至少也是光怪陆离的。作者的意图是要制造一种既超自然又不脱离自然的气氛,其手法则是把现实改变成像精神病患者产生的那种幻境。"[①]

马尔克斯认为看上去魔幻的东西正是拉美现实的特征。在他看来,魔幻现实主义就是现实主义。因此他拒绝接受"魔幻现实主义"

---

① 转引自马尔克斯:《两百年的孤独》,朱景东等译,昆明:云南人民出版社,1997 年,第 3 页。

之说,认为那是西方话语的误解。魔幻现实主义写作大量借用民间神话和传说,以幻想、夸张等手法制造出异象丛生、虚实交错、人鬼相通的魔幻世界,其创作思想和方法受到后现代主义者的青睐。但魔幻现实主义与后现代主义也有区别:第一、魔幻现实主义文学有着鲜明的地域特色,而后现代主义文学多选择没有地域特征、时空界限的普遍题材;第二、后现代主义文学是不以现实为指归的,其更多地表现为内向性,而魔幻现实主义文学有着鲜明的现实指向。马尔克斯认为魔幻现实主义就是现实主义,是拉美的残酷现实的文学表现。如果说后现代主义文学是"零度"写作,魔幻现实主义文学则应算作"介入"写作。

## 26 日本后现代主义文学的发展过程和主要艺术特征是什么?

后现代主义在日本首先通过建筑艺术被人们所接受和认可。1983年,日本建筑学家矶崎新设计的筑波中心大楼被誉为日本后现代建筑的代表和"时代的金字塔",其设计主题被解释为"权威的崩溃"。80年代以后,日本的后现代主义建筑风格已经被普遍理解和接受。日本后现代主义建筑集中表现了后现代主义的无中心、无权威、多声部、多样化、求新、求奇的特点。

日本文学界对后现代主义的接受呈现出不同的特点。20世纪70年代日本已经出现了后现代主义文学,但日本批评界,包括芥川奖等重要文学奖项,均不看重这一崭新的文学现象,甚至拒称它们是"后现代主义文学",因为他们不愿意承认这一代作家的先锋性和创新性。柄谷行人曾提出,"不能照搬西方的解构主义,如果(日本)赋予它相同的意义,那将是彻头彻尾的滑稽剧。我们必须先问一问日本的结构是什么。"[①]年轻一代的作家对此极为不满,后现代主义代表作家村上春树1991年在与美国作家约翰·麦克纳尼的对谈中抱怨道:"20

---

① 转引自王向远:"后现代主义文化语境中的中国文学和日本文学",《国外文学》,1996年第1期,第103页。

年前我写小说时,他们曾大谈所谓日本文学的衰退。如今,他们仍旧老调重弹。然而日本文学并没有衰退,不过是评价的标准发生了变化罢了。不知为什么,许多人讨厌这种变化。那些老家伙,多数生活在封闭狭窄的圈子里,他们的守护神是他们对于'纯文学'的共同认识,至少现在仍是如此。外面的世界正在发生变化,但是他们却对此不感兴趣。"①

不过,批评界的无视和敌视未能阻止日本后现代主义文学的发展。被评论界称为"内向派"、"都市派"和"儿童派"的文学流派是日本后现代主义文学的重要组成部分,它们在时间上先后相继,都注重描写后现代状况下人的生存状态。"内向派"作家曾被划归现代主义文学,但与现代主义作家从个体与社会的关系出发表现个体与社会的对立和人的异化不同的是,"内向派"作家是远离意识形态的,他们只想局限在个人的圈子里面,不再对精神、价值、真理、终极关怀等感兴趣,他们表现的是"无意义的人,在无意义的地方,过着无意义的生活",这是一种"轻薄的虚无主义",再没有了现代主义小说中对自我丧失的挣扎和反抗。"都市派"是整个20世纪80年代日本文学的主流,它同时也是"内向"的,深受都市文化和消费文化的影响,村上春树和村上龙是"都市派"作家的代表。出生于20世纪60年代以后的作家被称为"儿童派",他们比"内向派"和"都市派"更加激进,或者说更具后现代气质。儿童派作家摈弃了村上春树那种以个人感受为中心的自传式写法,他们的创作范围更加宽广,同时他们改写经典,操演崭新的后现代叙述方式。

## 27 西方后现代主义文学对中国文学有何影响?

1990年,余华在写给王宁的信中说:事实上,人们真正关心的问题已经不是中国是否存在后现代主义,或者是否存在使其赖以生长的土

---

① 转引自王向远:"日本后现代主义文学与村上春树",《北京师范大学学报》,1994年第5期,第69页。

壤,而是它是以什么方式存在的。就中国文学界目前的现状来说,可以这样问,它是作为思潮存在,还是作为现象存在? 也就是说,它更多的是作为理论影响着我们,还是更多地作为某种创作实践鼓舞着我们?①20年后的今天,我们已经清楚地看到,20世纪80年代以来的中国文学深受后现代观念的影响,其创作理念和艺术手法都有着鲜明的后现代印痕。金惠敏认为,"后现代主义命名了1985年先锋写作出现之后的中国文学。……先锋小说的出现令传统的现实主义话语一夜失语,功能尽废。"②以马原为前导的先锋派将习惯于传统现实主义创作方式的中国文学首先带入了后现代主义的写作范式,王宁为中国当代先锋小说的后现代性归纳了六个特征:"自我的失落和反主流文化"、"反对现存的语言习俗"、"二元对立及其意义的分解"、"返回原始和怀旧取向"、"精英主义与通俗文学之间界限的模糊"、"嘲弄模仿和对暴力的反讽式描写"。

通常认为,中国的后现代主义文学是从马原对博尔赫斯的模仿开始的(赵稀方)。按照陈晓明的说法,"博尔赫斯的影响使马尔克斯式的中国产品更有力度,并且向着形式主义的高度进军——这一高度距离'后现代主义'只有一步之遥。"③与西方后现代主义文学一样,先锋派文学不再着眼于文本"深度"和"本质"的开掘,不再把塑造"典型环境里的典型人物"作为叙事的主要任务,它们取消了价值判断,"不歌颂真善美也不鞭挞假丑恶乃至不大承认真善美与假丑恶的区别",④彻底颠覆了传统现实主义的写作。比如徐星、刘索拉、张欣等的作品所表现的当代中国传统道德和价值观念的失衡状况,余华的暴力叙事,格非对历史深处的偶然性的发掘等,都是后现代怀疑一切、

---

① 王宁:《比较文学与当代文化批评》,北京:人民文学出版社,2000年,第248页。
② 金惠敏:"后现代主义在中国的过去和未来",《求是学刊》,2001年第3期,第11页。
③ 转引自金惠敏:"后现代主义在中国的过去和未来",《求是学刊》,2001年第3期,第26页。
④ 朱狄:《当代西方艺术哲学》,北京:人民出版社,1994年,第11页。

反对崇高、悬置判断的中国版本。值得注意的是,中国文化界对博尔赫斯的接受是经过了美国对其的后现代主义命名的,90年代中国对博尔赫斯的接受主要是建立在美国文化"翻译"的基础之上,国内出版的博尔赫斯传记、访谈、评论及作品多从美国版本转译而来。① 与此相关,中国最初的后现代主义批评也"基本上是在照搬翻译过来的詹姆逊、哈桑等人的论述"。② 与批判家忙着为中国作家张贴"后现代主义"的标签正好相反,先锋小说家则对这些命名和联系不感兴趣,甚至恼火。马原曾抱怨说:"我甚至不敢给任何人推荐博尔赫斯……原因自不待说,对方马上就会认定:你马原终于承认你在模仿博尔赫斯啦!"③格非、余华也都拒绝自己与后现代主义的联系。如果说哈桑是对后现代主义文学颂扬最多,并使之在最大程度上得到普及的话,詹姆逊对后现代主义文化则主要是批判态度,而中国文学批评界,包括外国文学批评界往往把哈桑和詹姆逊的话语不加区分地应用于自己的批评话语。

事实上,以先锋小说为首的中国文化运动中的后现代思潮与西方解构主义理论及实践在解构对象、策略和文化性质上都有着明显的差异,就中国的现实而言,中国后现代主义文学所致力解构的是政治权力文化对其他文化场域的霸权地位,以及新时期以来建立在理想主义基础上的启蒙与人学主题。与西方解构主义的以语言为媒介的消解策略相比,中国后现代文化消解的是意识形态和价值观念。从结果上来看,中国的先锋文学更类似于西方现代主义文化运动,虽然消解了统一的权力和理性,却也在雅俗文化之间筑起了难以逾越的鸿沟。先锋小说不相信文学是生活的反映,有意切断了文学与社会生活的联系,他们更专注于"怎么写",推崇语言和叙述的实验,对于"写什么"已经没有了

---

① 参看滕威:"博尔赫斯是'后现代主义'吗",《江西社会科学》,2009年第1期,第114—120页。
② 彭童林:《魔幻仙人掌之女——外国后现代主义小说》(二),敦煌:敦煌文艺出版社,1996年,第106页。
③ 马原:"作家与书或我的书目",《外国文学评论》,1991年第1期,第18页。

热情。"先锋文学努力超越先在的意义模式对写作的束缚,开辟了以写作的方式对人的生存状况进行提问的视角。"①

---

① 邢建昌:"对中国后现代主义文本的一种解读",《当代文坛》,2000年第1期,第6页。

# 四、诗歌、戏剧篇

## 28 后现代主义诗歌的主要艺术特征是什么？

与后现代主义小说一样，美国后现代主义诗歌最能够代表后现代主义诗歌的成就和影响，因此我们主要以美国后现代主义诗歌为例来讨论后现代主义诗歌的主要流派和艺术特征。

按照唐纳德·艾伦（Donald Allen）和乔治·F·巴特里克（George F. Butterick）主编的《后现代：美国新诗》（*The Postmoderns: The New American Poetry Revised*，1982）中所说，美国后现代主义诗歌兴起于20世纪50年代，于六七十年代达到鼎盛时期，涌现了众多诗派："地下"诗歌、纽约派、旧金山复兴社、垮掉的一代、黑山诗人等等。这些诗歌的一个共同点是对自发性、即时性、形式和句法的灵活性的关注，这些诗人崇尚形而上的自由和开放，反对学院式的、形式主义的和严格遵守格律的诗歌创作方法。他们是时代的先锋，当熵、地球村及不可逆转性等词汇还远未被人所知时，他们就已经在诗歌中对它们进行反思。C·奥尔森（Charles Olson）是最早使用"后现代"一词的，后现代在他意味着对现实的即时参与，正如他在《投射诗》（"Projective Verse"，1950）一文中所写，如果有什么绝对的话/那就是/你/在此刻/就行动；奥哈拉认为后现代就是随心所欲，是个性主义的宣言；对金斯伯格来说，它是希伯来—梅尔维尔吟游诗人的吟唱。可以说，每一位诗人对后现代主义诗歌的理解都不一样。

尽管如此，我们还是能够发现一些他们的共同特征。从整体创作理念来看,后现代主义诗歌与整个后现代主义文学的创作理念并不冲突,比如他们都致力于中心的消解和意义的悬置。美国诗人安德雷·考德拉斯库(Andrei Codrescu)的《反对意义》("Against Meaning",2012)就是后现代主义诗人对意义的公开放逐:"我做的每一件事都反对意义。/部分是蓄意,更多的是下意识。"消解意义就是消解确定性、真理及历史,正如英国后现代主义诗人拉金在诗中所写:"奇怪,一无所知,总是拿不准/何为真,何为对,何为实,/却又不得不加上一句:'我认为差不多'。"我们知道,意义是以深度机制而存在的,伴随着意义深度的消解,后现代主义诗歌打破了整体性,都采用平面化、零散化的叙述风格,大量使用拼贴和反讽,注重语言的实验等等。后现代主义诗歌形式更为开放和自由,他们推崇即兴式写作和表演式创作,把传统诗歌中的拘谨语法和严格的韵律要求彻底抛弃,主张"回到字上,那些我们亟需回归的字,那些洗干净的字"。后现代主义诗歌继承了庞德(Ezra Pound)对东方文化的青睐,斯奈德(Gary Snyder)等诗人特别注意从日本文化和中国文化吸取灵感。

郑敏曾将后现代主义诗歌与现代主义诗歌进行对比,提出后现代主义诗歌的八个特点:一、反对超验本体认识论;二、真理多元,或无结论;三、认为变是一切,不可能预先设计,事物生生灭灭,永不停止,应当抓住此时此刻的现实生活,给予表达;四、创作不必寻求杂乱现象的统一,更不必将其构成有机的整体以传达什么固定的意义;五、强调创作要追随多变的想象力的流动,没有预定设想,可以自发地随机创作;六、对文字、文学是否能如实地表达作者的意图持怀疑或否定的观点;七、重视事物(包括诗歌)的特殊性、地域性;八、强调开放式诗歌形式。①

## 29 后现代主义诗歌有哪些主要流派和代表诗人?

后现代主义诗歌主要有垮掉派、投射派、自白派、纽约派、具体诗、

---

① 郑敏:《诗歌与哲学是近邻——结构-解构诗论》,北京:北京大学出版社,1999年,第145页。

语言诗和运动派等。

垮掉派诗歌发源于20世纪40年代末旧金山诗人发起的"旧金山诗歌复兴运动"。他们深受存在主义的影响，以虚无看待世界，用感官把握世界，只是更绝望、更软弱。垮掉派诗人热衷于酗酒、吸毒、同性恋等，追求极端感性的生活方式；他们推崇非理性和潜意识，倾心于"自发写作"，常常在诗歌中毫无顾忌地宣泄最隐私、最感性的各种经验。他们主要的思想特征可以用"垮掉"来概括，精神和肉体一并垮掉。用凯鲁亚克的话来说，他们处于"一种被社会经验所击败的精神沮丧状态"。他们充满了造反精神，但这造反精神没有给他们带来希望，他们对笔下的现实充满了绝望和无奈。垮掉派最著名的诗人首推金斯伯格，他的《嚎叫》("Howl"，1955)正是垮掉派诗人的宣言和"圣经"。其他重要的垮掉派诗人包括肯尼斯·雷克斯洛斯（Kenneth Rexroth）、劳伦斯·福林盖蒂（Lawrence Ferlinghetti）、菲利普·慧伦（Philip Whalen）、加里·斯奈德、格雷戈里·克尔索（Gregory Corso）等。

投射派诗歌又称黑山派诗歌，产生于20世纪50年代中期美国北卡罗来纳州的黑山学院。1960年，唐纳德·艾伦将这一流派据其发源地命名为"黑山派"，1967年，罗森塔尔（Macha Louis Rosenthal）教授在《新诗人》(*The New Poets: American and British Poetry Since World War II*)中根据其诗学特征将其称作"投射派"。投射派诗歌与新批评派所提倡的封闭型智性诗完全不同，认为诗歌应该通过形式将内容展开。奥尔森在他那篇著名论文《投射诗》中指出，时代需要的是"开放诗"，"一首诗是诗人所得到的能量，通过诗本身，传给读者，因此诗的每一部分都是高度的能量结构，也应是能量发射器。"投射派诗人特别强调即兴的创作，主张自我与非个性的统一，非常看重传统文化的现代意义。最为重要的投射派诗人有黑山学院的院长查尔斯·奥尔森，他的《翠鸟》("The Kingfishers"，1949)被誉为投射派诗歌最具代表性的作品。其他重要诗人包括罗伯特·邓肯（Robert Duncan），罗伯特·克里利（Robert Creeley）等。

自白派诗歌是20世纪50年代中期到60年代美国诗坛非常有影

响的诗歌流派。"自白"(confess)一词来源于拉丁语"com"(彻底说出)和"fateri"(向别人倾诉),自白派诗歌的最大特征因而就是自己的坦白和倾诉。自白派诗人在他们的诗歌中大量使用第一人称表现形式,注重书写诗人痛苦的个人经历、情感生活,甚至自己十分阴暗的隐私、扭曲的心理等等。自白派诗歌多采用非常坦率、不加修饰的语言风格。虽然诗歌史上从不缺乏强调主观的诗歌,却都不及自白诗派的自白彻底和自觉。自白派的诗歌同时还充满了理性思辨的色彩,自白派诗人往往把个人的经历与公众事件联系起来,因而自白本身并不是他们的目的,他们是要利用自白来唤醒社会、反抗社会。自白派最为重要的诗人包括罗伯特·罗维尔(Robert Lowell)、约翰·贝里曼(John Berryman)、安妮·塞克斯顿(Anne Sexton)、西尔维娅·普拉斯(Sylvia Plath)等,一大批优秀的诗歌就诞生在这些诗人笔下,如罗维尔的《人生研究》(*Life Studies*, 1959)、贝里曼的《梦歌》(*The Dream Songs*, 1969)、塞克斯顿的《去精神病院,病情部分好转》(*To Bedlam and Part Way Back*, 1960)及普拉斯的《爱丽尔》(*Ariel*, 1965)等。

纽约派诗歌是与以上三个流派同时期发展起来的诗歌流派,因其发源地是纽约而称为纽约派。纽约派诗歌是典型的城市诗歌,多采用超现实主义手法,常常给人一种脱离现实生活的感觉。霍夫曼(Daniel Hoffman)曾把纽约派诗歌的特色概括为"一种不同的超现实主义——更具讽刺性、荒诞性、滑稽模仿、自我沉思和远离外界现实,它通过一群受过法国诗歌和绘画影响的诗人的作品进入了美国当代诗歌的主流"。[①] 纽约派诗人最为著名的代表是弗兰克·奥哈拉(Frank O'Hara),其他的诗人包括约翰·阿什贝里(John Ashbery),肯尼思·科克(Kenneth Koch),芭芭拉·戈斯特(Barbara Guest)等。

具体诗因其鲜明的语言实验特征,也被称为"语言实验诗",是20世纪中期在德语国家兴起的一种先锋派诗歌。具体诗深受结构主义、

---

[①] Hoffman, Daniel. Ed. *Harvard Guide to Contemporary American Writing*. Cambridge: MA and London: The Belk Press, 1979, p. 553.

后结构主义语言观的影响,特别是维特根斯坦的哲学思想的影响。具体诗是对第二次世界大战后德语文学中抒情诗政治化倾向的一种反动,也是对人本主义哲学思潮的一种反拨。具体派诗歌将诗歌看做游戏,喜欢创作图形诗,无视语法和诗韵规则,并借助电子媒介传播自己的诗歌。具体诗派的重要诗人有 F·阿赫莱特纳(Friedrich Achleitner)、E·杨格尔(E. Younger)等。

语言诗派主张抛弃传统的语言观,充分自由地在诗歌中进行语言的游戏。语言派诗歌于 20 世纪 60 年代后期在美国兴起,语言派诗人多是大学教师,属学者型诗人。语言派诗歌深受结构主义、后结构主义、后现代理论和西方马克思主义观点的影响,认为语言制造了经验,语言是诗歌的主要原料,也是诗歌的手段和目的。语言派诗歌的重要诗人包括隆·西利曼(Ron Silliman)、查尔斯·伯恩斯坦(Charles Bernstein)等。

英国运动派诗人也是后现代主义诗歌中的重要一支,于 20 世纪 50 年代在英国兴起,其最为重要的代表诗人是菲利普·拉金,他被誉为继艾略特之后英国诗坛的代表人物。"运动派"起初是一个反对现代主义的文学团体,其他诗人包括伊丽莎白·珍宁斯(Elizabeth Jennings)、托马斯·甘恩(Thomas Gann)等,他们怀疑一切,反对文化及其形式的发展,敌视外来影响;此外,他们悲观失望,认为只有死亡才能实现世界大同。

## 30 后现代主义戏剧的主要艺术特征是什么?

后现代主义戏剧诞生于 20 世纪下半叶后现代主义思潮风起云涌的时代,以 20 世纪 50 年代法国的荒诞派戏剧为起点,于六七十年代发展至欧洲各国和美国,主要代表作家有法国的贝克特、尤内斯库、瓦莱尔·诺瓦里纳(Valère Novarina),德国的汉特克(Peter Handke)、彼德·魏斯(Peter Weiss),意大利的达里奥·福(Dario Fo),英国的汤姆·斯托帕德(Tom Stoppard),以及美国的阿尔比(Edward Albee)等。按照伊格尔顿的说法,后现代主义是"一种文化风格,它以一种无深度的、无中心的、无根据的、自我反思的、游戏的、模拟的、折中主义的、多元主义的艺术,反映这个时代性变化的某些方面,这种艺术模糊了'高雅'和'大众'文化之间,以及艺术和日常经验之间的界限"。① 后现代主义戏剧同样具有这些后现代主义艺术的平面化、元叙述、戏仿及广泛的越界等特征。具体而言,后现代主义戏剧主要的艺术特征包括:

第一,时空混合的剧场布局。后现代主义小说擅长的拼贴艺术在后现代主义戏剧中呈现为时空的频繁切换,其效果是剧情的非线性发展和叙述的重复和拼贴。英国剧作家彼得·谢弗(Peter Shaffer)的剧作《上帝的宠儿》(*Amadeus*, 1979)以宫廷作曲家萨里埃利的角度讲述了他与莫扎特的恩恩怨怨。由于恐惧莫扎特的才华会对自己造成威胁,萨里埃利不仅全力阻止莫扎特在宫廷展示才华,还在他最潦倒的时候每晚扮鬼吓唬他,使得他精神错乱,并在莫扎特的酒中下毒害他。作者把故事定位在1823年,讲述的是1781—1791年间发生的事情,剧中的时间以1823年为中心,以1781—1791年为半径进行时空转换,萨里埃利既是叙述者也是表演者,在时空的变化之间观众在非线性的剧情中跳来跳去,人物的性格、人性的复杂得到了极好的展示。虽然时空混合和变换的特征并非后现代主义戏剧所独有,后现代主义戏剧却将这一手法发展到了极致。

第二,即兴表演。在后现代戏剧家眼里,临场发挥的即兴表演打破传统的观演关系,融艺术于生活,让观众参与舞台表演和实践,以此突出剧情的虚构。彼得·布鲁克(Peter Brook)在专著《空洞空间》(*The Empty Space*, 1968)提倡"即兴戏剧"(improvisational theatre),其主要包括以下成分:观众也是演员;表演没有严格的要求,即兴演出;观众与演员的舞台混在一起,不分界限;像生活一样,表演的开始也是事件的开始。

第三,大量运用高科技,推崇感官中心主义。后现代主义戏剧大量使用高科技技术,充分调动灯光、音乐、面具、舞蹈等各种舞台装置,充分发挥舞台表演的视觉、听觉等感官效果,刺激观众的感官,以布莱希

---

① 特里·伊格尔顿:《后现代主义的幻象》,华明译,北京:商务印书馆,2000年,第1页。

特式的"陌生化"效果引起观众的共鸣和反思。

第四,后现代主义戏剧破除传统的戏剧审美标准,推崇各种极端的语言实验,打破传统的线性剧情,充分展示出后现代状况下人的不自由和异化状态。后现代主义戏剧还发扬了荒诞派戏剧的"延伸性的戏剧语言",舞台上的各种道具都可以成为延伸的戏剧语言,一种物的语言。

第五,反英雄人物模式。后现代主义反对中心和解构统一主体的理念的表现之一是对大众文化的推崇,哈桑曾指出"后现代艺术作品是反精英文化并采取走向通俗(大众化或平民化)的价值立场"。[①] 后现代主义戏剧中的主角多是小人物、少数族裔等。2005 年诺贝尔文学奖得主哈罗德·品特(Harold Pinter)的剧作《看房者》(*The Caretaker*, 1959)仅有三个主人公,精神病人阿斯顿、他的做小商贩的弟弟米克,以及流浪汉戴维斯,他们都是处于社会底层的"非英雄",没有杰出的才华、伟大的功绩,也没有高尚的品德,整个戏剧也平淡寻常,没有激动人心的情节和扣人心弦的悬念。他们只是在这个不确定的世界中过平凡人生的平凡人,这正与后现代主义平面化的特征不谋而合。

## 31 《嚎叫》体现了什么样的后现代主义特征?

《嚎叫》("Howl",1955)是著名垮掉派诗人艾伦·金斯伯格(Allen Ginsberg)的代表作。1955 年 10 月 13 日,在旧金山第六画室诗歌朗诵会上,金斯伯格首次宣读了被誉为"垮掉分子"的"袖珍版圣经"的《嚎叫》,标志着"垮掉的一代"文学运动正式登场。对于《嚎叫》的后现代特征,批评家有的据内容从反智性、反文化、反传统的角度进行分析,有的据形式从碎片化、反逻辑的意象、语言的游戏、自发写作等方面进行分析。我们认为,《嚎叫》的后现代性不仅是形式层面的,在形式层面她当然是的,但她的后现代性更是内容层面的,是对以启蒙理性及启蒙精神为代表的现代性的控诉和反抗。

《嚎叫》的诗前题记里说这首诗是献给卡尔·所罗门(Carl

---

① Hassan, Ihab. *The Postmodern Turn*. Ohio: Ohio State UP, 1987, p. 84.

Solomon)的。卡尔·所罗门是金斯伯格在纽约州立精神病院结识的病友,他思想激进、智力非凡,对美国的社会生活充满了憎恶,被金斯伯格称为"疯狂的圣人"。在《嚎叫》的最后一节,诗人和所罗门来到他们共同住过的精神病院罗克兰,一共19个"我与你在罗克兰",振聋发聩,这个世界已经变成了精神病院!

在这个疯狂的世界,诗章开头,我们看到这是因为"我看到我这一代的精英被疯狂毁灭,饥肠辘辘赤身露体歇斯底里,/拖着疲惫的身子黎明时分晃过黑人街区寻求痛快地注射一针"。"精英"作为理性的代表已经发疯,且被疯狂所毁灭。他们曾经创造了世界,或许以为自己创造了这个世界,但在这第一诗节,连续59个句子以"他们"开头:"他们失声痛哭在白色体育馆内一丝不挂如同骷髅般的机械前战栗不已,/他们狠咬侦探的后颈在警车里高兴地大叫因为没有犯下任何罪过无非处于发狂鸡奸酩酊大醉,/他们跪下嚎叫在地铁里从车顶上被拖下犹如挥手抖动着生殖器和手稿,/……他们肆意狂热交欢握着一个啤酒瓶拥抱一个爱侣手拿一盒香烟一支蜡烛从床上摔下,又在地板上客厅里继续最后精疲力竭靠在墙上恍恍惚惚幻想直落最后阴门躲开意识高潮,/……"这59个"他们"把精英们失落的主体性表现得淋漓尽致,如今他们全部成为了世界的"他们",丝毫没有商量的余地,这"他们"的位置令人喘不过气来。他们醉生梦死的、极端的、疯狂的生活方式正是他们的无奈的表征。

是什么使这个世界变成了"罗克兰",把所有的精英都变成了"他们"?在《嚎叫》的第二部分第一句话作者就发问,"是什么水泥合金的怪物敲开了他们的头骨吃掉了他们的头脑和想象?"这真是一个恐怖的景象,到底是谁?其实第一句诗已经有了暗示,就是"水泥合金的怪物",现代性的物质代表。紧接第一句,作者以连续10个"摩洛克"①开

---

① 摩洛克是古代迦南人信奉的火神,人们为了表示虔诚,会将自己的孩子献上,让其活活被烧死。这个恶魔的形象是金斯伯格借用来喻表现代性的种种恶果,摩洛克甚至把整个世界变成了罗克兰(精神病院)。

头的诗句"嚎叫"着指责火神"摩洛克"所喻表的现代性后果,它宛如"噩梦","缺乏爱",是"战争巨人",是"屠杀生灵的发电机",等等。"摩洛克的脑袋是纯粹的机械!摩洛克的血液流淌着金钱!摩洛克的手指是十支大军!/摩洛克的胸膛是一架屠杀生灵的发电机!摩洛克的耳朵是一座冒烟的坟墓!"更加可悲的是,"摩洛克早就进入了我的灵魂!在摩洛克中我有意识可没有肉体!摩洛克吓得我丢失了与生俱有的痴迷!"面对摩洛克物质和精神的双重侵害,作者来到了罗克兰,或许,非理性才是我们对抗以理性为代表的现代性机器最好的方式。这是一种虚无主义的无奈,与现代主义文学在批判里有希望的信念截然不同,在《嚎叫》里,所有的希望都只能由罗克兰来承担。正是在此,我们说《嚎叫》是一首典型的后现代主义诗歌。

## 32 《秃头歌女》有何后现代主义特征?

《秃头歌女》(*The Bald Soprano*,1949)是荒诞派戏剧的开山之作,1950年5月10日在巴黎一家小剧院"梦游人剧院"首演。作为一部反戏剧,其最大的后现代主义特征就体现在其以"荒诞"为武器所发起的对理性的攻击和嘲讽。

首先,剧本的创作过程就充满了荒诞。《秃头歌女》中其实根本没有秃头歌女这个角色,这个词组只在剧本的末尾出现了一次。剧本之所以取名《秃头歌女》,是因为在有一次排演过程中,扮演消防队长角色的演员误把"金黄头发的女教师"这句台词错念为"秃头歌女"。在场的尤内斯库当时顿感这正是他要用的剧名,之后他修改了两句有关的对话,《秃头歌女》的剧名就这样确定了下来。在此之前,尤内斯库曾想取名《简易英语》,还考虑过《英国时间》、《疯狂的英国大钟》、《下着倾盆大雨》等等。但这些剧名要么太平淡,要么有讥讽英国人的嫌疑,直到荒诞的"秃头歌女"出现,剧名就这样定了下来。其实这部戏剧的创作是受到英语读物的启发而写的。尤内斯库当时在学习英语,但他发现自己在英语读物上读到的简单句子包含着惊人的普遍真理,比如"一周有七天","天花板在上,地板在下"等。这些语言所呈现的普遍、简单、透明的真理早已被现代生活和戏剧表面的繁华和理性所遮蔽隐晦,尤内斯库感到这些真理应该被人们所认识到,就决定创作这样一部戏剧。《秃头歌女》中,特别是开头,史密斯夫妇的对话几乎是原封不动地照搬了英语读物中的这些句子。

其次,从内容上来看,《秃头歌女》完全没有传统戏剧的情节,全剧没有完整统一的故事,没有剧情的起伏、悬念、高潮和结局,我们看到的只是一个戏剧的过程——当然是在后现代意义上非连贯、不统一的过程:剧始,史密斯夫妇在闲谈,接下来女仆出场,马丁夫妇出场及对话,消防队长出场、交谈及退场,两对夫妇陷入争吵,剧终,马丁夫妇再出现,重复史密斯夫妇的开始时的姿态和对话。传统戏剧主要通过剧情来展现人物性格,《秃头歌女》既取消了剧情,也就取消了人物的性格特征。所有的人物,史密斯夫妇也好,女仆也好,马丁夫妇也好,消防队长也好,都是没有个性的、平面的、机械的剧中演员而已。他们在舞台上唯一的活动——说话,也丝毫不能反映出各自的性格。这是一个取消了个性的荒诞世界,马丁夫妇一同到达史密斯家中时,竟然经过一大圈滑稽的对话才意识到他们原来是夫妇!结尾时,马丁夫妇代替了史密斯夫妇开始时的场面和对白,更进一步突出了剧情的和人物的可有可无。此外,作为人物几乎是唯一活动的对话则充满了日常生活的陈词滥调,如此大规模地铺陈与剧情没有关系的任意词语充分说明了世界的荒谬和生活的可笑。在马丁夫妇的对话中,"这多么怪啊"一共出现了35次之多,而他们感到奇怪的是竟是他们原是夫妇的事实,要知道他们是作为夫妇被邀请到史密斯家的!在整个戏剧中,语言与剧情、人物和环境都毫无关联,完全是一个能指的嘉年华!有人统计过,《秃头歌女》有36种喜剧手法,其中大多数都涉及对白语言。如果说时间和空间是人的存在的重要指标,剧中反复出现的时钟更进一步加强了世界的荒诞本质,那架钟总是胡乱敲打,钟声忽高忽低,九点时敲了17下,最多的时候竟然敲了29下!

《秃头歌女》的主题在一定程度上反映了第二次世界大战以后,西方社会对现实的惶恐和不安,以及对社会的前途和人类命运感到的不可捉摸。荒诞戏剧的作家通过夸张的、非理性的方式来反映人生和存在的荒诞,是一种非常重要的后现代主义手法。不过,相比存在主义戏剧——虽然两者都反映社会和人生的荒诞——应该说荒诞派戏剧更为深刻曲折,但是在作品的基调方面却不如存在主义戏剧那样仍有积极乐观的成分。

## 33 尤内斯库在后现代剧作方面有哪些贡献?

尤金·尤内斯库(Eugène Ionesco, 1909-1994)是荒诞派戏剧的奠基人,也是第一位将荒诞派戏剧搬上戏剧舞台的法国剧作家。尤内斯库共创作了40多个剧本,并著有大量戏剧理论文章。他的剧作主要有《秃头歌女》(*The Bald Soprano*, 1949)、《椅子》(*The Chairs*, 1950)、《雅格或驯服》(*Jack, or the Submission*, 1950)、《上课》(*The Lesson*, 1951)、《未来在鸡蛋中》(*The Future is in Eggs*, 1951)、《待婚的少女》(*Le jeune homme à marier*, 1951)、《责任的牺牲者》(*Victims of Duty*, 1952)、《阿美黛或怎样摆脱它》(*Amédée, or How to Get Rid of It*, 1953)、《新房客》(*The New Tenant*, 1953)、《不为钱的杀人者》(*The Killer*, 1957)、《犀牛》(*Rhinoceros*, 1958)、《空中行人》(*A Stroll in the Air*, 1962)、《国王死去》(*Exit the King*, 1962)等。

尤内斯库从小就接受法国文化的熏陶,特别热爱文学,曾做过法文教师,业余时间也写些文学评论。起初他就不喜欢传统的戏剧,认为这些戏剧所使用的夸张手法使舞台和人生脱节,而且认为传统戏剧的内容和形式都很呆板。尤内斯库认为戏剧应该是一种建立在戏剧艺术神圣作用基础上的再创造,而他在剧院非但感受不到这种神圣性,反而有一种失去"神圣性的想法",因而对现代戏剧很反感。在他看来,当时法国剧坛非常流行的风俗喜剧(Theatre du Boulevard)守旧粗劣,而以萨特、加缪为代表的存在主义戏剧又太过注重哲学说教。尤内斯库并非对古典和当代作家一概否定。古希腊剧作家埃斯库勒斯(Aeschylus)、索福克勒斯(Sophocles),英国剧作家莎士比亚(William Shakespeare),法国剧作家阿尔弗雷德·雅里(Alfred Jarry)、安托南·

阿尔托(Antonin Artaud)等的作品都是尤内斯库所欣赏和赞扬的。同时,他也很欣赏卡夫卡、陀思妥耶夫斯基(Fyodor Dostoyevsky)、契诃夫(Anton Chekhov)、普鲁斯特等人的作品。他对超现实主义运动评价很高,认为这是本世纪以来最伟大的文艺运动。

尤内斯库是最早以荒诞的戏剧手法表现荒诞的世界和存在的剧作家,是第一位进行"反戏剧"创作的荒诞派作家,他反对现实主义的传统,公开宣称要抛弃亚里士多德的戏剧观,力图将"纯粹"的戏剧因素"解放"出来。他曾经说过自己之所以喜欢写剧本就是因为讨厌戏剧。尤内斯库的戏剧中很少有传统的情节,人物多没有个性,与此相关,用于发展情节、刻画人物性格的语言也变成了胡言乱语的陈词滥调。尤内斯库强调演出过程中演员的即兴发挥,特别注重戏剧的直观效果,用夸张的手段和强烈的视觉刺激促使观众认同剧本、融合到剧本的内容和语境。荒诞派戏剧发源于存在主义,但它远比存在主义更悲观绝望。存在主义虽然发现了人生和存在的荒诞,但他们仍然试图用理性去超越荒诞,就像西西弗的苦役,虽然明知石头注定还要从山上滚落,却仍坚持一步一步把石头推到山上,支持他继续推石的就是人类理性的微光。在荒诞派戏剧中,一切都是荒诞,不拘是人生、世界,还是语言或理性,尽都是荒诞,且将永远荒诞。尤内斯库曾说过这样一段话,最能概括他对世界荒诞本质的认识:"在这样一个现在看来是幻觉和虚假的世界里,一切历史存在的事实都使我们感到惊讶,那里,一切人类的行为都表面荒谬,一切历史都表面绝对无用,一切现实和语言都似乎失去了彼此之间的联系,解体了,崩溃了。世界使人感到沉重,宇宙在压榨着我。一道帷幕,或者说一道并不存在的墙矗立在我和世界之间;物质填满各个角落,充塞所有的空间,在它的重压之下,一切自由全都丧失;地平线迫近人的面前,世界变成了令人窒息的土牢"。① 尤内斯库最为后现代的地方就在于他以喜剧的形式表现荒诞,试图以喜剧手法处理既

---

① 尤内斯库:"戏剧经验谈",见《外国现代剧作家论剧作》,外国文学研究所主编,北京:中国社会科学出版社,1982年,第169页。

荒唐又痛苦的人生戏剧。在他看来："喜剧的东西就是悲剧的东西,而人的悲剧都是带有嘲弄性的。对于近代批评思想来说,没有什么东西是能够完全认真对待的,也没有什么东西是完全能够加以轻松对待的"。①

## 34 贝克特的戏剧表现出哪些后现代主义特质?

塞缪尔·贝克特(Samuel Beckett,1906-1989)是荒诞派戏剧最杰出的剧作家,被誉为"改变了当代戏剧走向的文学巨匠"。贝克特同时用英语和法语写作,早期主要以英语写作小说,以《等待戈多》(*Waiting for Godot*,1952)为界,后期主要用法语写作剧本。他曾经把乔伊斯的小说翻译成法文。第二次世界大战爆发后,贝克特曾参加法国的反纳粹地下抵抗活动,大战结束后开始专门从事创作和翻译,1969年荣获诺贝尔文学奖。他的"作品发自近乎绝灭的心情,似已标举了全人类的不幸"。

贝克特主张戏剧创作的艺术形式与内容的和谐统一。面对第二次世界大战之后所有信念、经验和信仰的坍塌,面对混乱不堪的荒谬现实,贝克特感到戏剧"需要一种新的形式,这种形式能容纳混乱的生活而不试图改变混乱的性质……寻找一种能容纳混乱的形式是当前艺术家的任务"。② 在这种"能够容纳混乱的形式"中,贝克特的戏剧从以下几个方面体现出后现代主义的特征:

第一,人与物的符码化。贝克特戏剧中的人物都是被取消了个性的类型化人物,他们之间几乎不交流、不对话,而是以孤零零的存在本质成为人类处境的符号化表征。比如《等待戈多》中的"戈多"就是根本不存在的希望的符号,"幸运儿"则是听命于人、毫无幸运的"仆人"和"替罪羊";比如《终局》(*Endgame*,1957)中的又瞎又瘫、坐在轮椅上

---

① 引自《从现代主义到后现代主义》,刘象愚等编,北京:高等教育出版社,2002年,第177页。
② 引自李维屏:《英美现代主义文学概观》,上海:上海外语教育出版社,1998年,第411页。

的人,那个只能走动不能坐下的人,以及双腿残废、呆在垃圾箱中的人,都分别代表了人类种种可悲、无奈和荒诞的存在现实。还有那些犀牛,那些鸡蛋,那些无限增多的家具,那不断膨胀的尸体等等,都是令人心酸、难忘的象征符码。

第二,舞台道具极简化。与物体的符码化相关,贝克特的戏剧往往使用简化到极致的道具。《等待戈多》的故事发生在一条光秃秃的小路上,道具只有一棵仅有四五片叶子的矮树。这是对春天的讽刺,也是人类处境的极好隐喻;在《克拉普最后的录音带》(*Krapp's Last Tape*,1958)中,那盒磁带承载着主人公两个自我对话的中介作用。这种极简的道具安排以一种反理性的方式推翻了舞台的中心位置,把世界的荒谬生动呈现在观众面前。

第三,情节零度化。就像后现代主义小说不再讲述故事一样,贝克特的戏剧也不再表现情节。传统的戏剧情节被取消。其情节特征荒诞而混乱,无所谓情节的发展、冲突、高潮和结局。在《等待戈多》中,唯一的情节就是等待戈多,可是戈多始终不曾出现,观众也无从知道他到底会不会出现。此外,情节零度还体现在剧本结构的重复上。《等待戈多》的第二幕几乎就是第一幕的完全重复,彻底粉碎了观众对情节的期待。此一情节观正是现代末期、后现代初期就已开始的世界的混乱和无序的最好表征。

# 五、小说篇

## 35 谁是唐纳德·巴塞尔姆?

唐纳德·巴塞尔姆(Donald Barthelme,1931-1989),当代美国最为重要的后现代主义小说家之一,1931年4月出生于美国宾夕法尼亚州费城,从小爱看电影,10岁时就立志要当作家。巴塞尔姆的父亲是休斯敦大学的教授,建筑师,信奉极简主义的现代派建筑观点,小唐纳德一生都在重写和修正父亲的观点。① 巴塞尔姆曾就读于休斯敦大学,大学期间当过学报《美洲豹》(*Cougar*)的编辑和《休斯敦邮报》(*Houston Post*)的记者。1953年,巴塞尔姆参加了美国陆军,但就在他到达朝鲜当天,停战协议签署了。返回美国后,他曾在休斯敦大学任教,此间阅读了大量存在主义哲学和文学著作,这对他以后的创作影响颇大。20世纪60年代初,他离开休斯敦大学去了纽约,担任《位置》(*Locations*)杂志(只出版了两期)的执行主编,该杂志曾刊登加斯、贝娄、麦克卢汉(Marshall Mcluhan)等的作品。1963年5月30日,他在《纽约客》(*New Yorker*)上发表了处女作《人之面孔》(*L'Lapse*),从此开始了写作生涯。巴塞尔姆曾出版10部短篇小说集、4部长篇小说,包括《白雪公主》(*Snow White*,1967),《亡父》(*The Dead Father*,1975)、《天堂》(*Paradise*,1986),以及他去世后出版的《国王》(*The King*,1990)。

---

① 转引自马汉广:《西方后现代文学文化研究》,哈尔滨:黑龙江大学出版社,2007年,第215页。

巴塞尔姆熟谙后结构主义理论和当代语言学,是非常具有文体意识的作家。他曾经在短篇小说《看见月亮了吗?》("See the Moon?",1968)中借叙述人之口这样表达自己的创作理念:"碎片是我唯一信任的形式。"①他常常用拼贴法把取自传统童话、文学作品、社会现实等等看似毫无意义的碎片以黑色幽默的手法粘贴在一起,甚至有些书看起来全是"废话"。但这些废话正是后现代社会的真实写照,就像他在《白雪公主》中所说,"我们喜欢里面有大量废话的书,它们显得不那么切题,能给人一种正在发生什么事的'感觉'。……通过阅读每一行字本身……能够获得一种已经读过它们,已经'完成'它们的感觉。"巴塞尔姆之所以钟情于碎片是因为在这样一个后现代的世界,一切宏大、统一、理性的整体都瓦解了,碎片正是现实的反映。就如评论家在评论巴塞尔姆时所说,"片段可能是某些人物信任的唯一形式;但那难道不是为了一个整体,谁知道呢,甚或是一个意义的需要吗?那个'只信得过片段'的叙述人是这样讲的:'我希望哪一天这些纪念物能够交融、模糊——可能衔接才是恰当的词——成为美轮美奂的某个玩意儿。'"②其实,在所有先锋的、极端的写作形式实验的背后,在所有碎片的背后,仍然存在着"衔接"的冲动,在充满了嘲讽和颠覆的解构背后,仍然存在重构的野心。

## 36 《白雪公主》有何后现代主义特征?

《白雪公主》(*Snow White*,1967)是巴塞尔姆的代表作,是对格林童话《白雪公主》的戏仿和解构,出版当年获得美国儿童读物类全国图书奖。小说中的白雪公主是个二十二岁的家庭主妇,与七个侏儒男人生活在一起。与童话中的白雪公主一样,她也有着乌木般的黑发和如雪的洁白皮肤。这七个侏儒每天要到一家中国食品加工厂工作,他们

---

① Fitzgerald, Sheela ed. *Short Story Criticism*, Vol. 2. Detroit: Gale Group, 2001, p. 25.
② Ibid.

中的比尔已经开始厌倦白雪公主。白雪公主也一样不愿意再做"家庭主妇",而是渴望能有一个白马王子来带领自己逃离这毫无希望、令人窒息的生活。白雪公主终于找到了符合自己要求的保罗,因为他身上流着贵族的血液。不过,小说中的保罗已经丧失了童话中保罗的英雄品格,他根本不愿意去拯救白雪公主。一位年轻的女子简代替了童话中的后母来迫害白雪公主。简的男朋友霍果为了白雪公主的缘故抛弃了她,导致她对白雪公主怀恨在心,总想报复她。她为白雪公主准备了一杯有毒的伏特加吉布森酒,却被刚刚决定不再逃避自己的责任的保罗误饮。就这样,保罗在刚刚意识到自己的责任之时就口吐绿沫被毒死了。小说结尾,白雪公主在保罗墓前撒花,再度贞洁并升了天。

《白雪公主》对经典童话的戏仿和解构是巴塞尔姆在小说题材方面的新试验。事实上,除了《白雪公主》,巴塞尔姆还在《玻璃山》("The Glass Mountain", 1970)中重写了斯堪的纳维亚同名童话。巴塞尔姆所借用的当然不只是这些童话的故事内核。传统童话的故事是线性发展,以苦难得胜、正义得彰显,以及英雄被造就为走向的。在这些童话的后现代形式中,所有连贯的故事都被取消,以上我们的故事梗概只是我们从小说中无穷无尽的碎片中串拣出来的。小说中的故事不时被打断,而且印刷字体也在常规字和巨大的大写黑体字之间来回转换,整个小说可以说就仿佛是一个由各种毫不相关的信息组合而成的嘉年华。比如,小说中有这样一段:

> 白雪公主心想:这间房子……墙……当他不……我不是……在黑暗中……肩膀……恐惧……水是凉的……想知道……不费力气地……白雪公主心想我为什么……玻璃……靠墙弓着背……智力……返回来……一堵墙……在……返回来……他冷……镜子……

我们知道,童话故事中往往蕴含着人类最单纯、朴实和根本的美好愿望,比如爱情,比如友谊,比如英雄气概,等等。但在小说中,这些美好的东西尽都被消解,消失在这些无关的信息中,让人不得寻见,抑或完全忘记。这些无关的信息不仅时时打断小说叙述的动力,使读者迷失在这些毫无关系的细节之中,也引起有心的读者的思考,作者为何要如此写作?这些无关散乱的信息执拗地在小说中一再出现,而且以占据空间的形式硬要凸显在读者面前。比如:

乌木

平静

大吃一惊

胜利

坛坛罐罐

达克斯

胡诌八扯

这些强硬出现的无关信息正是童话中的人类的美德和对美德的追求所消失的原因。照詹姆逊的说法,后现代是对应晚期资本主义阶段的历史时期,在这个时代,所有宏大、有深度的东西都被平面化。深度和距离同义,我们之所以被取消了形而上学意义上的深度,就是因为后现代社会有太多无关的信息令我们深陷其中,难以自拔,就好像巴塞尔姆的《白雪公主》充斥着各种片段和碎片。然后,后现代小说对无深度的后现代状况的呈现正是旨在瓦解这种无深度,或是唤起人们对深度的重新渴望,只是它必须以无深度的形式来表现这一切。后现代小说绝不只是单纯的语言游戏,在所有这些表面的戏仿、疯狂,和无意义的背后,人类对美善的渴望从来没有被抛弃,就像小说《白雪公主》的结尾所昭示的那样。

## 37 谁是约翰·巴斯?

约翰·巴斯(John Barth,1930- )是当代美国最具代表性的后现代主义小说家之一。巴斯1930年5月出生于美国马里兰州剑桥镇,马里兰州的巴尔的摩和切西比克湖域是巴斯所有小说作品的背景所在地。巴斯曾在音乐学院学习音乐,梦想成为爵士乐鼓手和指挥。1951

年,巴斯在约翰·霍普金斯大学获得文学学士学位,次年获得硕士学位。他的第一部长篇小说《纳斯的衬衫》(*The Shirt of Nessus*)写作于他攻读硕士、博士学位期间,但这部小说并未出版。1953—1965年间,巴斯先后在宾夕法尼亚州立大学和纽约州立大学布法罗分校执教,1973年返回母校约翰·霍普金斯大学任教至1995年退休。巴斯共创作了11部长篇小说、3部短篇小说集和2部散文集,他于1974年当选为美国国家社会科学院院士,作品曾获美国全国图书奖、国家文学艺术学院文学创作奖等。

作为一名后现代小说家,巴斯作品"复杂的结构、手法包容了充满神话隐喻、哲学辩论和语言游戏的情节结构。"[①]巴斯是位具有充分形式自觉的小说家,坚持从神话、历史、民间故事及文学经典中汲取灵感,他的小说多是后现代文学技巧与古老的叙述传统的结合,充满了反讽、杂糅和戏谑的风格。例如,《烟草商》(*The Sot-Weed Factor*, 1960)貌似辉煌的历史小说,实质上却是对18世纪传统小说形式的戏仿;《羊孩贾尔斯》(*Giles Goat-Boy*, 1966)改写了流浪英雄神话,将神话、寓言和科幻元素组合成一部"花里胡哨的圣经";《喀迈拉》(*Chimera*, 1972)是对阿拉伯民间故事和希腊神话的改写,小说由三个中篇故事组成,其中"敦妮亚佐德篇"以阿拉伯传说"天方夜谭"为基础,"珀尔修斯篇"和"柏勒罗丰篇"则分别取材于相关的希腊神话故事;《潮汐故事》(*The Tidewater Tales*, 1987)将当代的人物与虚构的叙述者如唐·吉诃德、奥德修斯和山鲁佐德所在的世界联系起来。作为一个学者型作家,巴斯自己讲授文学创作课程,学生中有美国全国图书奖获得者约翰·凯西(*John Casey*)、著名族裔作家路易斯·厄德里奇(*Louise Erdrich*)等。巴斯经常在作品中阐述自己的小说理论,他的小说因而带有很强的哲理性和元小说的特点。巴斯50年代的两部小说《漂浮的歌剧》(*The*

---

① Casciato, Arthur D. "John Barth", *Dictionary of Literary Biography, Vol. 2: American Novelists Since World War II*, ed. Jeffrey Helterman and Richard Layman. Detroit, Michigan: Gale Research Company, 1978, p. 31.

*Floating Opera*,1956)和《大路尽头》(*The End of the Road*,1958)均围绕虚无主义,对包括存在主义在内的各种哲学观念进行了反思。出版于1968年的短篇小说集《迷失在游乐场》(*Lost in the Funhouse: Fiction for print, tape, live voice*)也是对神话和经典的重写,但其形式和创作手法具有很强的实验性质和元小说特征,充分反映了艺术家的创作焦虑。巴斯曾援引贝克特的观点表达自己的创作心态:好像无话可说,无法言说,无从说起,无力去说,不想去说,却又不得不说。对于不可言说的,巴斯并没有像哲学家建议的那样保持沉默,而是不得不说,这不仅是创作的焦虑,也是文学的责任。

除了小说创作,巴斯还发表了大量的文学评论,表达自己对文学创作和理论的思考,这些文章大多收录在《星期五文集》(*The Friday Book: Essays and Other Nonfiction*,1984)和《星期五文集续编》(*Further Fridays: Essays, Lectures, and Other Nonfiction, 1984−1994*,1995)中。巴斯发表于1967年的论文《枯竭的文学》("The Literature of Exhaustion")常被解读为美国后现代文学的宣言和纲领,似乎宣判了文学的死刑。但那绝非巴斯的本意,1980年他又专门撰文《更新的文学》("The Literature of Replenishment"),特别强调《枯竭的文学》所指的"枯竭"并非语言或文学本身的枯竭,而是正统现代主义美学的枯竭。巴斯指出,在新的时期,小说必须面向业已写就的文学传统,对之进行重新编码和改写,赋予枯竭的文学样式以新的活力。后现代主义文学应该是综合或超越了现代主义和现实主义、形式主义和"实质主义"、纯文学和政治文学等种种对立元素的综合性(synthesis)文学。巴斯是这么说的,也是这么做的。

## 38 《迷失在游乐场》有何后现代的叙事特征?

《迷失在游乐场》(*Lost in the Funhouse: Fiction for print, tape, live voice*,1968)是巴斯的短篇小说集,由长短不一的14篇短篇小说组成,其中最短的一篇只有10个英文单词,最长的一篇则有50多页。这些小说看似毫无关系,有着各种各样的主人公,包括精子、小说、名叫安布鲁斯的少年、连体双生兄弟、希腊神话中的人物,等等。巴斯自己则认为《迷失在游乐场》"既不是一部小说集也不是一个选本,而是一个系列……应该被视为一个整体"。① 这是一部典型的后现代主义小说,其后现代特征主要体现在叙述形式的创新上。

第一篇短篇小说《框架——故事》对于理解整部小说意义重大,可以说是《迷失在游乐场》的写作纲领。这个故事只有 10 个英语单词,它们分别位于两页,而且需要读者把它们连接起来。在几乎是空白的第一页的右边缘有行虚线隔开的竖排文字"从前",第二页的左边缘与"从前"对应的地方又是一行虚线隔开的竖排文字"有这么一个故事"。巴斯要求读者把虚线以内的文字剪下,然后把所得的纸条的一端扭转 180 度并将纸条的两端粘在一起,形成一个麦比乌斯带②似的故事,这是一个具有单侧性质的拓扑空间。

如此一来,这个本来只有 10 个英语单词组成的句子就构成了一个可以往复循环的叙述圈:"从前有这么一个故事从前有这么一个故事从前有这么一个故事从前有这么一个故事……"这个往复循环的叙述圈把整部小说的 14 个故事连成了一个巴斯自己所说的"整体",这个整体注定是开放的,是关于故事的故事,是叙事迷宫,也是元小说。

迷宫叙事主要体现在《标题》("Title")、《生活故事》("Lifestory")、《墨涅拉俄斯记》("Menelaiad")及《无名氏》("Anonymiad")中。比如《墨涅拉俄斯记》采用了不断转述加直接引述的方式,小说中墨涅拉俄斯对化妆的奥德修斯的儿子呢勒马柯斯和涅斯托尔的儿子佩西特拉呢斯讲述自己的故事,这样墨涅拉俄斯的故事中就包含着墨涅拉俄斯和海伦的故事、墨涅拉俄斯与普罗透斯的故事、墨涅拉俄斯跟厄多呢亚的故事,故事与故事环环相套,加上讲述的过程又不断被听众的

---

① Barth, John. *Lost in the Funhouse*. New York: Doubleday & Company, Inc., 1968, p. IX.
② "麦比乌斯带"由 19 世纪德国数学和理论天文学家奥古斯特麦比乌斯发明,即将一个长方形带子的一端扭转 180 度,再和另外一端粘合起来,从而得到一个具有单侧性质的拓扑空间。

插问、故事中的人物的讲述所打断,各种话语的直接引述被置于七层引号中,形成了一个七层的"中国套盒"。这篇小说由14部分组成,前七部分分别标以一二三四五六七,后七部分分别标以七六五四三二一。

《迷失在游乐场》还是一部典型的元小说,其中不仅有相当的篇幅谈论小说自身,而且有着强烈的对艺术创作进行反思的自觉。其中的《自传》("Autobiography")、《回声》("Echo")、《生活—故事》("Frame-tale")、《标题》("Title")等都具有鲜明的元小说特征。比如《自传》的副标题就是"一个自我录制的故事",小说的主人公就是一个故事,巴斯自称它的父亲,录音机则是它的母亲。故事抱怨自己并未要求被构思出来,而它的父母却从未想到过这一点。它说希望自己"更令人愉快"和"更容易为人们接受"。但它知道自己做不到,因此厌倦了自己作为故事的生涯,他央求巴斯,"父亲!发发慈悲吧!我向你挑战!你这个卑鄙的老骗子,你有羞耻之心吗?行行好,把我结果了吧!"这是故事的焦虑,也是作家的焦虑。《标题》的主人公也是一个小说,它表达了主人公对文学的困境和出路的思考,指出了文学的四种可能的结局:一是返老还童,二是垂死的一切被富有生机的新事物所代替,三是以终极性对抗终极性从而创作出一种崭新的、健康的文学,四是全然灭绝。巴斯极端的小说形式试验就是他对抗"枯竭"的文学的努力。

巴斯在叙述方式上的试验还体现在他把现代媒介应用到小说中。《迷失在游乐场》的副标题就是"为印刷、录音、直播而作的小说"。巴斯自己在小说的作者注中解释说,《阿布罗斯的胎记》("Ambrose His Mark")、《水的信息》("Water-message")是为印刷形式而写的,但也可以口述。《夜海航程》("Night-sea Journey")既可以采用印刷形式,也可以变成录制了作者声音的磁带。《祷告》("Petition")则必须采用直播或录制的形式。《回声》中作者本想把自己的声音录制在单声道的唱片或磁带上。《自传》可以采用录制的形式,但作者是沉默的。《墨涅拉俄斯记》显然要录制成作者的独白,但读者还得阅读方能明白它的意思。虽然这种方式的创新为巴斯招来不少批评,也没有特别的商业价值,但的确反映了巴斯面对文学形式"枯竭"的现实所做出的真诚努力。这14篇小说被随意地排列在一起,它们的混乱无序正是后现代世界的文学表现,读者要是不想走失,就得在混乱失序中重建自己的秩序,这是几乎所有后现代作家的现实关怀,即他们呈现无序是为了让读者意识到他们如何"迷失"在各种各样的后现代"游乐场",从而能够不再迷失。

## 39 谁是托马斯·品钦?

托马斯·品钦(Thomas Pynchon, 1937— )1937年5月8日出生于纽约长岛,是美国后现代派小说家的代表之一。品钦起初在康奈尔大学学习工程物理,后来转入文理学院。大学期间品钦曾在海军服役,1957年回到康奈尔大学继续攻读英国语言和文学,还曾修过弗拉基米尔·纳博科夫的欧洲小说课,1960年以各门功课全优的成绩获得文学学士学位。大学期间,品钦曾担任一份学生杂志《康奈尔作家》(*Cornell Writer*)的编辑,并发表了自己的第一部短篇小说《小雨》("The Small Rain")。大学毕业后,品钦做过电台音乐节目主持人,并在西雅图的波音公司服务过两年,还曾旅居墨西哥。品钦不事张扬,喜好独处。1973年《万有引力之虹》(*Gravity's Rainbow*)获美国全国图书奖后,他不愿出席颁奖大会,最后替他领奖的是一名喜剧演员。1975年当此书再获豪威尔斯奖时,品钦干脆谢绝接受。多年以来,品钦一直避居在加利福尼亚。

品钦共著有6部长篇小说和1部短篇小说集。其最近的一部作品《性本恶》(*Inherent Vice*, 2009)讲述了20世纪70年代洛杉矶一个经常吸食大麻的私家侦探的故事,与早期的《V.》和《万有引力之虹》等作品相比,叙事手法不那么复杂繁复,具有更强的可读性。1963年品钦的第一部长篇小说《V.》(*V.*)问世,获福克纳小说奖。小说以黑色幽默的手法主要叙述了主人公赫伯特·斯坦希尔对其父亲日记中被称为"V"的某人或某物的追寻。他的另一部长篇小说《第49批拍卖品的叫卖》(*The Crying of Lot 49*, 1966),虽然篇幅较《V.》稍短,但仍然延续前者的风格和特征,包括神秘小说成分、科学幻想的情节、戏仿性的语言以及熵的主题等。1973年品钦发表了代表作《万有引力之虹》,该书荣获了当年美国全国图书奖。这部小说把人类活动和思想的多样性与第二次世界大战的大批毁灭联系起来,将真实的细节与幻象的时间相混合,喜剧和暴力并置,小说探讨了诸如"死亡"、"进步"、"战争"、"政治"等复杂的主题。这部百科全书式的鸿篇巨制内容庞杂,情节纵横交错,非常挑战普通读者的阅读能力和耐心。此后发表的《葡萄园》(*Vineland*, 1990)、《梅森和狄克森》(*Mason & Dixon*, 1997)、《抗拒时势》(*Against the Day*, 2006)等作品都不及前三部作品影响巨大。短篇小说集《缓慢的学步者》(*Slow Learner*, 1984)主要探讨小城镇居民的妄自尊大以及种族歧视,品钦的短篇小说影响不如巴斯大。

品钦的小说被认为是"迷宫似的或者百科全书似的,极其神秘,揭示了自然科学和社会科学中的许多规律"。[①] 其作品的后现代性主要表现在两个方面:第一是其叙述结构的复杂,甚至神秘。品钦的许多小说都充满了超自然的、非理性的情节,其中纠结的历史事件、哲学原理、自然科学概念、国际政治斗争以切割、闪回、穿插等手法构成令人莫知所从的巨大迷宫。如果说叙述形式的复杂和多变是后现代作品的共同特征的话,品钦作品的不同之处在于其中包括许多科学概念,如热力学、控制论,特别是"熵",运用这些科学概念解释后现代混乱的状态,是品钦作品的第二个特征。这种混乱不仅是文本叙述的状态,而且是社会现实的后果,就好像热力学中的"熵"概念所表达的,在一个与外界没有能量和物质交换的封闭的热系统中,分子的运动将越来越混乱,最终达到混乱的极点,形成温度压力、密度等都完全相同的热平衡状态,也就是一种死寂的状态。他于1960年发表短篇小说《熵》("Entropy"),利用熵的概念和"热寂说"理论来预示人类社会将逐步走向混乱和衰亡,而在混乱无序的大世界中任何想建立一个有序的小

---

① Draper, James P. "Thomas Pynchon: Introduction", *World Literary Criticism (5): 1500 to the Present*, James P. Draper ed. Detroit and London: Gale Research Inc., 1992, p. 2838.

世界的企图都终归是徒劳的。这篇小说有助于理解品钦作品中反复出现的"混乱"和"死亡"的主题。

## 40 如何理解《V.》所表现的历史与现实的不确定性？

《V.》(V., 1963)是托马斯·品钦的第一部长篇小说。小说叙事主要围绕两条平行发展的线索：其一是主人公赫伯特·斯坦希尔(Herbert Stencil)寻求"V"的过程，其二是奔尼·普洛费恩(Benny Profane)和他的"全病帮"(Whole Sick Crew)的活动，后者所占的章节数是前者的两倍，两条线索在最后一章相互交汇，尾声部分主要是对第一线索的补充。从叙述特征上来看，各章之间并无传统小说中的衔接和过渡，每一章都自成一体，整部小说就像是一个拼贴的整体。

小说最主要的后现代特征并不仅仅体现在叙述的断裂和拼贴，而是第一条线索中对"V"的寻求，其本质是一种"动态的不确定性"。《V.》中有一个由四十二个 V 排列而成的大 V，每一章标题里的词都排列成上宽下窄的形式，底部都加有一个 V，因而这些标题也都呈 V 状。在《V.》里，V 是人名、地名、物名、情节名、主题名，甚至是神名、动物名，几乎就是小说中所有受关注对象的能指。在斯坦希尔的追寻过程中，我们发现，1898 年，V 在开罗，是一个名叫维多利亚·蕾恩(Victoria Wren)的英国少女，与斯坦希尔的父亲，化名为古德费罗的英国特务，有过亲密交往；此后，她又出现在佛罗伦萨和巴黎，还变成了同性恋者，人们只知道她的名字叫 V；1919 年，她又出现在马耳他时已经变成了维罗尼卡·蒙哥尼斯(Veronica Manganese)，是一个与墨索里尼的意大利叛乱分子纠缠在一起的富豪，一个极端的反政府主义者。三年后，在德国占领下的西南非，她又变成了维拉·梅洛维因(Vera Meroving)，她的左眼已经换成了玻璃眼；第二次世界大战中，她又来到马耳他，在一次空袭中丧生。在这条线索中，V 是一个身份不断变化的神秘女人，就连她的身体也在不断从有机变为无机状态。V 在马耳他丧生后她的尸体被一群孩子解剖，孩子们发现她不仅左眼变成了玻璃，而且身体的大部分也变成了金属：牙齿和腿脚变成了金和银,肚脐变成了蓝宝石。而且,V 还与一系列政治事件密切相关,无论她出现在哪里,都是政治斗争中一股神秘的力量。斯坦希尔对 V 的追寻正是后现代主体在一个茫然的世界中徒劳地追寻意义的过程,对于他来说,追寻的不确定性,无论是目标的不确定性还是意义的不确定性已经成为一种偏执,因此,当斯坦希尔最终得知 V 已经死了的时候精神失衡,几乎崩溃。

如果说对 V 的追寻更多的是一种历史维度的不确定性的话,小说的另外一条线索,即对"全病帮"的成员的描写则是一幅后现代社会的"混乱的不确定性"之写实画。在这条线索中,"全病帮"成员的生活充满了无聊、乏味与迷茫,这个团体主要是一些小职员、酒吧女郎、劳工、失业者、流浪汉纠结成的一个封闭系统,每一个分子都在这个封闭的系统中做着混乱的、毫无目的和方向的运动。主要成员普洛费恩没有确定的家、确定的工作、确定的生活目标,他对任何人、任何事情都无所谓,整日无所事事,在街头或地铁中摇来晃去,有时整天坐在地铁中从一地到另一地做循环往复运动;斯拉伯是一位"紧张症表现主义"画家,他称自己的绘画是"偶尔性的爆发",他用大多数时间来画丹麦奶酪酥皮饼;鲁尼是唱片公司的经理,他把大部分时间用来寻觅奇异的声音——他曾把录音机伪装成一个自动售货机偷偷放入女厕所,如此等等。"全病帮"的成员的生活状态正是美国后现代时期的精神状况的最好表现,一切都不复是确定的,无序、混乱正是它的特征。

《V.》的两条线索,一条历史的,一条现实的,构成了一幅美国后现代状况的拼贴画,也是一部后现代的合奏曲,作者把历史与现实并置是希望我们看到后现代状况的实质,并以标题里一个"."号表现出品钦渴望把这种动态、混乱的不确定性的状态结束的期许。

## 41 谁是罗伯特·库弗?

罗伯特·洛厄尔·库弗(Robert Lowell Coover, 1932- )是当代美国最重要的后现代小说家之一。他 1932 年 2 月出生于美国爱荷华州查尔斯市,曾就读于南伊利诺伊大学、印第安纳大学和芝加哥大学。1953年,在他从印第安纳大学毕业当天参加了海军,4年后退役并开始了自己的文学生涯。他曾任教于几所美国大学,现在布朗大学讲授电子和实验写作。库弗的主要作品包括长篇小说《布鲁诺分子的由来》(*The Origin of the Brunists*, 1966)、《环宇垒球协会》(*The Universal Baseball Association*, 1968)、《公众的怒火》(*The Public Burning*, 1977)、《杰拉德的聚会》(*Gerald's Party*, 1986)《匹诺曹在威尼斯》(*Pinocchio in Venice*, 1991)、《约翰的妻子》(*John's Wife*, 1996),中篇小说《倒水的人》(*The Water Pourer*, 1972)、《查理在悲叹之屋》(*Charlie in the House of Rue*, 1980)、《一个政治预言》(*A Political Fable*, 1980)、《刺玫瑰》(*Briar Rose*, 1996)等,此外还有一些短篇小说和电影剧本。库弗在自己的作品中不断对小说的文本及形式进行实验性探索,被誉为"美国最有独创性和多才多艺的散文体作家之一",①曾获得古根海姆基金会研究基金和全国人文学科捐赠基金,还曾荣获福克纳小说奖及美国文学艺术研究院奖。

库弗的小说非常注重形式技巧,一直致力于新的写作手法实验。他曾这样表达自己的创作手法:"我们要打破的有些偶像正是传统小说家的创作方式,即自从塞万提斯时代至今的三百多年来一直流行的虚构文学的写作方法。这样的写作方法对我来说是死气沉沉的……我们必须发现新的方法,以表现新的思想和正在形成的新的观念。"②库弗的小说中有大量的戏仿、深奥难懂的字谜和双关语等,这些都是典型的后现代小说的特征。但使得库弗的小说与其他后现代小说不同的地方主要在于他对政治和宗教的关注。在诸如《布鲁诺分子的由来》和《公众的怒火》等作品中,库弗表现出深刻的政治关怀和宗教关怀,用他自

---

① McCaffery, Larry. "Robert Coover", *Dictionary of Literary Biography, Vol. 2: American Novelists Since World War II*, ed. Jeffrey Helterman and Richard Layman. Detroit, Michigan: Gale Research Company, 1978, p. 31.
② 罗伯特·库弗:《魔杖》,李自修、钱青等译,北京:作家出版社,1998年,第293页。

己的话来说,他就是一个"讲述神话者",通过描写小说中的人物如何"不断虚构体制和模式的行为,以帮助安排他们的生活并赋予整个世界以意义",①库弗通过"撕碎"政治事件和宗教行为的旧故事,以充满实验性的后现代主义文体手法,讲述出不能用语言表达的东西,动摇了旧故事的基础,然后将碎片一起回收到一个新故事中,以此表达出政治事件和宗教信仰的虚构和荒诞的本质。正是通过这些发自内心的、内向的手法来描写这些时代的神话与梦幻,库弗用自己的小说照亮了后现代的现实。

## 42《公众的怒火》体现了什么样的后现代政治观?

《公众的怒火》(*The Public Burning*, 1977)是罗伯特·库弗最为重要的小说,也是一部典型的后现代小说。小说以美国历史上著名的罗森堡夫妇(Julius Rosenberg and Ethel Rosenberg)案为原型,以典型的元小说手法揭示出政治和历史事件的虚构本质,就像小说中担当小说叙述者的美国副总统尼克松(Richard Nixon)所说:"历史不过是文字。历史大多是偶然事件构成的,而且事件过程的大部分都被删掉了。人们尚未开始探索文字的真正力量,我想。如果我们打破一切规章,按证据来玩游戏,按被操纵的语言本身来玩游戏,使历史变成党派同盟,那会怎样呢?"《公众的怒火》正是对美国冷战时期罗森堡案件的"文字操演",通过大量戏仿、拼贴、并置、蒙太奇、讽喻、互文、迷宫叙事等手法把"尼克松试图解决罗森堡案件之谜的努力变成了用元小说表现形式真实描写一系列极复杂成分的努力"。② 元小说的根本特征之一就是提示读者注意小说的虚构,同样,库弗以此形式所"再现"的罗森堡案件也旨在揭示后现代政治事件的虚构本质。小说采用了看似荒谬的文本形式,比如小说"序曲"部分有这样一段排版

---

① McCaffery, Larry. "Robert Coover", *Dictionary of Literary Biography, Vol. 2: American Novelists Since World War II*, ed. Jeffrey Helterman and Richard Layman. Detroit, Michigan: Gale Research Company, 1978, p. 106.
② Ibid, p. 38.

成明显是菱形的一段文字：

it

was a

sickening and

to americans almost

incredible history of men

so fanatical that they would destroy

their own countries & col

leagues to serve a

treacherous

utopi

a

（对美国人而言这是一段令人作呕难以置信的人的历史他们如此狂热竟愿意毁灭他们自己的国家和同－事去效力于一个奸诈的乌托－邦）

以这样一段全然非常规的方式排版出这样一段文字，库弗的用意非常明显：首先他是要我们关注到这段话，他要人们清楚地看到这段文字的“人为”排版，进而看到这件事情的本质，使人们看到这段历史的实质以及作者的态度：这是一段可耻的、服务于一个阴险的乌托邦的历史，为此，美国和他的人民都会被毁灭。同时，“colleague”一词被分割成为“col”和“league”，我们知道，“col”是“栏”的缩写，也可表示“狭路”，由此，原本一体的“同事”或“人民”被分裂成相互分隔甚或敌对的团体；而“utopia”一词亦被两段分割为“utopi”和“a”，说明这个所谓的乌托邦也是分崩离析的，如果说乌托邦本就是乌有之乡的话，现在这个乌有之乡也不复为一个整体，成为虚构的碎片。这正是以罗森堡案件为代表的后现代政治的本质特征。

除了“序曲”和“尾声”，《公众的怒火》由 4 个部分 28 章构成，中间还有三个插曲。小说在这 28 个章节中以立体拼贴的形式呈现了 28 个相对独立、位于不同时空层次的场景,集中表现了罗森堡夫妇被施以电刑前两天两夜所发生的事情。小说以这种错位的、不连贯的叙述从不同的视角表现了整个案件的虚构本质,作者不时提醒读者《公众的怒火》是虚构的,并以此虚构特征来指涉罗森堡案件的虚构本质,正如尼克松在调查中发现指证罗森堡夫妇与俄国有染的古尔德(Harry Gold)的证词完全是虚构的:"他虚构了一个妻子、一对双胞胎孩子、一套公寓、一次购房……他交给俄国人一份虚构的'联络人'名单……细节详细得出奇;而事实上他一直在家跟母亲一起生活,至少是在他母亲去世时才结束这种状况。"尼克松感到茫然:"事实到底是什么?实质到底是什么?"小说中的后现代实验手法不一而足,但主要都是为了说明后现代世界和政治的虚构和混乱特征,这正是这部去中心化的后现代文本的中心所在,也是这个虚构的案件的虚构实质的体现。

## 43 谁是库尔特·冯内古特?

库尔特·冯内古特(Kurt Vonnegut, 1922-2007)是当代美国著名小说家。1922年,冯内古特出生于印第安纳的一个德裔建筑师家庭,这是一个在当地颇有名望的家族,但大萧条之后家境渐衰。冯内古特在高中时就为学校的报纸《回声》(*Echo*)撰稿,在康奈尔大学化学系学习期间,仍然担任学生报纸《康奈尔太阳》(*The Cornell Daily Sun*)的总编辑。1943年应征入伍,次年赴欧洲参战,1944年被囚于德国德雷斯顿战俘营,在盟军轰炸该城时幸免于难。德雷斯顿的惨痛经历为他的代表作《五号屠场》(*Slaughterhouse-Five*, 1969)提供了重要素材。1947年,冯内古特开始在美国通用电气公司任职,这段经历深刻影响了他对美国科技发展和工业文明的态度,并为他后来的很多作品提供了创作源泉。1950年,冯内古特发表第一篇短篇小说《谷仓效应报告》(*Report on the Barnhouse Effect*),两年后,他辞去通用电气的工作,开始职业创作。

冯内古特共创作了14部长篇小说,1部短篇小说集,1部百老汇剧本,2部短文集。冯内古特的第一部长篇小说《自动钢琴》(*Player*

Piano, 1952)借用科幻小说模式探讨科学、进步和工业文明对现代人的影响,这也是贯穿其整个创作的重要主题之一。1969年问世的代表作《五号屠场》既是杰出的反战小说,也是一部典型的后现代作品,作家将德雷斯顿事件、科幻元素与书写该事件的创作过程巧妙糅合在了一起,这部小说被誉为"美国后现代文学的里程碑"。[①]《冠军的早餐》(*Breakfast of Champions*, 1973)和《时震》(*Timequake*, 1997)等后期作品则彻底颠覆了现实主义传统,模糊了现实与虚构的界限。冯内古特的小说具有不容忽视的现实与历史维度,涵盖的题材既包括德雷斯顿、越战、萨柯-万泽蒂案(Sacco-Vanzetti Case)等重要历史事件,也触及贫富差距和生态危机等社会问题,《上帝保佑你,罗斯瓦特先生》(*God Bless You, Mr. Rosewater*, 1965)和《囚鸟》(*Jailbird*, 1979)两部作品就直接抨击了美国的经济和社会体制。可以看出,冯内古特是始终面对现实进行写作的。

在冯内古特看来,传统的、现代主义的创作模式都不能够反映当代生活的复杂性,因此他的作品对传统的情节、主题、时间和人物等观念不再重视,而是利用各种艺术形式,如新闻体、诗歌、戏剧等,甚至雕刻图案、绘画、食谱等,力图把我们浸身其中的后现代日常生活通过文学呈现出其荒诞和无奈。冯内古特的作品有着很强的现实指向,他是20世纪60年代反越战、人权、女权运动中的重要声音,具有深刻的人道主义思想,是美国人道主义者协会名誉主席。他的作品被选入当时的高中与大学的英文教程,被誉为当代的马克·吐温,他的谈话常被奉为神谕,对青年人有着巨大的影响。

## 44 《五号屠场》体现了什么样的后现代时间观?

《五号屠场》(*Slaughterhouse-Five*, 1969)是库尔特·冯内古特最为著名的长篇小说,直接取材于作者在第二次世界大战中亲历的德雷

---

[①] Allen, William Rodney. *Understanding Kurt Vonnegut*. South Carolina: University of South Carolina, 1991, p. 6.

斯顿事件,带有明显的自传成分。哈里斯(Charles Harris)认为,《五号屠场》在"较深的意义层面上,表现了一个不确定的世界,因此可被视为对一个不确定宇宙的暗喻。但小说中的不确定性也反映了作为小说人物的冯内古特的艺术问题,特别是反映他多年来一直想重构并准确系统地表现他在德雷斯顿的经历的努力"。①

小说的主体部分记叙了主人公比利·皮尔格里姆(Billy Pilgrim)在二战中劫后余生的经历和战后濒于崩溃的精神状态。比利似乎是个有特异功能的人,可以挣脱时空的羁绊,他能在过去、现在和未来之间穿梭,并拥有地球和外星球的双重生活。二战期间,比利在战场上被德军俘虏,在盟军轰炸德雷斯顿的军事行动中,因躲在"五号屠宰场"的地下室里幸免于难。二战结束后,比利回到家乡,曾因精神崩溃一度住院疗养。出院后,比利结婚生子,过着优裕的中产阶级生活。1967年,比利被外星飞碟劫持到特拉尔法马多星球。1968年,比利遭遇飞机失事,机上的人除比利之外全部遇难身亡。不过,他的脑部受了重伤,妻子闻讯后,在匆匆赶往医院探望途中因车祸身亡。出院后,比利开始向公众讲述自己的外星之旅,希望把特拉尔法马多关于时间共存的福音传给地球人,以帮助他们超越人生的苦难。

小说的首章和末章构成了纪实性的外框架,作为作家的冯内古特在小说开头径直告诉读者:"下面的这一切基本是实情。至少有关战争的部分是颇为真实的。"小说采用了侵入式叙述和故事套故事的嵌套式结构,表现出明显的元小说特征。冯内古特在这部小说中还"提出了一种非线性叙述模式,这种模式……创造了历史与想象、现实与幻象、历时与共时、作者与文本之间重要的新关系"。②

这部小说不同于其他后现代主义小说的一个重要地方在于它所塑造的时间观。如果说现代主义小说试图掌控时间,希冀通过时间来获

---

① Harris, Charles B. "Time, Uncertainty, and Kurt Vonnegut, Jr.,: A Reading of 'Slaughterhouse Five'," *Contemporary Literary Criticism Vol. 60*, ed. Roger Matuz. Detroit/Washington, D. C./London: Gale Research Inc., 1990, pp. 423.
② Ibid, p.421.

得意义,不管是意识流还是瞬间的"顿悟"。后现代主义小说则彻底放弃了重塑时间以及时间所代表的人的存在的意义,他们注重呈现混乱,因为时间已经没有了基点,与时间的对抗也就是徒然。如果说现代主义小说还在为时间进行区分,比如昆丁的父亲看重"瞬间"的话,比如萨特所区分的"自然时间"和"钟表时间",《五号屠场》呈现的则是一个时间失控的混乱状态。小说的正副标题(副标题为"儿童十字军:与死亡的尽职舞蹈"[*The Children's Crusade: A Duty-Dance with Death*])中的"五号"、"儿童"及"死亡"其实都指向时间。小说中比利的妻子"总是想知道时间"。在去看过老战友奥黑尔后去纽约的途中,比利用特拉华河暗喻时间流逝的本质:"关于现在,我自问:它有多宽、有多深,我有多少东西能存留。"如同许多论者所注意到的,"死亡"是这部小说的最大主题,而死亡的实质正是一种生命的时间终止。比利看似具有超能力,能够在过去、现在和未来之间穿梭,这种超越时间限制的超能力,正是后现代时间的无序本质所造成的,如果说现代主义的怀旧是为着当下的心理定位,后现代主义则不仅要回到过去,更要先于未来。这种对时间的独特体验在其封笔之作《时震》(*Timequake*, 1997)中有着更加明显的体现。后现代的无序混乱实质是一种时间观念的混乱,在《五号屠场》中,造成这一切的原因都指向那场惨绝人寰的德雷斯顿轰炸。

## 45 谁是 E·L·多克托罗?

E·L·多克托罗(Edgar Lawrence Doctorow, 1931-    )是美国当代最为著名的后现代小说家之一。多克托罗非常具有社会责任感,他的小说有着"社会分析的特点",[①]常常对资本主义进行激进地批判,他还极具人文精神,被称为"激进的犹太人文主义者"。

1931年1月,多克托罗出生在纽约布朗克斯区一个俄裔犹太人家

---

① Foley, Barbara. "From U.S.A. to *Ragtime*: Notes on the Forms of Historical Consciousness in Modern Fiction," in *E. L. Doctorow: Essays and Conversations*, ed. Richard Trenner. Princeton, New Jersey: Ontario Review Press, 1983, p. 159.

里,他的家庭属于具有进步的社会主义敏感性的下层中产阶级。多克托罗是以埃德加·艾伦·坡(Edgar Allan Poe)的名字命名的,他童年时代就读过坡的作品。不过,与其说是坡的作品,不如说他家里大量的藏书构成了他早期的文学启蒙。从当地著名的布朗克斯科学高中毕业后,多克托罗在俄亥俄州的凯尼恩学院甘比尔分院学习哲学,1952年获得学士学位后又到哥伦比亚大学学习英语戏剧导演。不过,他的真正兴趣始终在于文学创作。1953年他应征入伍,随部队驻扎在法兰克福。复员后他打过杂工,从事过电影编剧,还担任过新美国文库(New American Library)的资深编辑和日晷出版社(The Dial Press)的总编辑。这段经历坚定了他的作家梦,因为他深信自己能写出比需要他点评的作品更优秀的小说。20世纪50年代起,多克托罗开始从事业余创作。1960年,他的第一部长篇小说《欢迎来到哈德泰姆斯镇》(*Welcome to Hard Times*)出版。六年之后,第二部小说《像真的一样大》(*Big as Life*, 1966)问世。60年代末,多克托罗开始专心投身文学创作和教学事业,在纽约大学教授美国文学和创造性写作课程,并曾在耶鲁、普林斯顿、加州大学等名校执教。

《但以理书》(*The Book of Daniel*, 1971)奠定了多克托罗的文学地位,并为他赢得古根海姆奖。《但以理书》借用了《圣经》旧约的《但以理书》,圣经中的但以理是个不畏强权、坚持敬畏耶和华的先知。多克托罗笔下的但以理则是20世纪50年代因所谓"间谍罪"被处死的罗森堡夫妇的儿子,他试图调查父母被处死的原因。小说将历史和虚构结合在一起,采用拼贴等后现代手法揭露了美国政府的冷酷无情,表现了20世纪60年代美国社会的各种矛盾、冲突,以及人们的不满和反抗。1975年出版的《拉格泰姆时代》(*Ragtime*)荣获了次年的美国全国图书奖。小说以拉格泰姆这种一战前盛行的黑人音乐来代表这个时代,小说采用了断裂的叙事话语,有许多互不相干的短语或省略句,给人一种就像切分音乐节拍的跳跃感。小说揭示了美国工业化革命变革时期经济繁荣的背后种种严酷的社会矛盾,具有极强的政治和现实关怀。20世纪80年代多克托罗创作了3部以20世纪30年代大萧条时期的美国社会为背景的小说《鱼鹰湖》(*Loon Lake*, 1980)、《世界博览会》(*World's Fair*, 1985)和《比利·巴斯盖特》(*Billy Bathgate*, 1989)。其中,《比利·巴斯盖特》不仅连续三个月名列《纽约时报》畅销书金榜、被《时代》周刊评为20世纪80年代世界十大名著之一,还荣获了1990年的全国图书评论界奖和福克纳小说奖。20世纪90年代,多克托罗还创作了3部长篇小说《供水系统》(*The Waterworks*, 1994)、《上帝之城》(*City of God*, 2000)和《进军》(*The March*, 2005)。

多克托罗小说的最大特点是其中的政治介入和历史意识,他反对只关注个人意识的小说。他的这种介入写作来源于欧美社会小说的传统。多克托罗曾经说过:"我从来都认为我的小说继承了狄更斯(Charles Dickens)、雨果(Victor Hugo)、德莱塞(Theodore Dreiser)、杰克·伦敦(Jack London)等大师的社会小说的传统。这个传统深入外部世界,并不局限于反映个人生活,不是与世隔绝,而是力图表现一个社会。"多克托罗认为一部好的作品应该不仅有政治的关联,也应该有着美学的复杂性。在多克托罗的大量历史小说中,他向我们显示,不能仅仅把历史交给历史学家,相反,作家有责任还原一个更加真实的历史。

## 46 《大进军》体现了什么样的后现代历史观?

《大进军》(*The March*, 2005)是多克托罗创作生涯后期最为重要的作品,小说出版后曾获得2005年美国图书评论奖。这是一部有关美国南北战争的最后一年,即1865年的战争历史的后现代历史小说。小说中,谢尔曼(William Sherman)将军率领6万将士进军佐治亚州,成功之后他命令把亚特兰大焚烧成一片废墟。随后,他又一路向南卡罗来纳进军,先后占领了南部重要港口城市萨凡纳,以及南卡罗来纳州首府哥伦比亚。最终在漫长的"进军"之后,谢尔曼将军的部队打败了南部同盟军,占领了北卡罗来纳重要城市费耶特维尔,取得了战争的胜利。

与其说《大进军》是对美国内战最后一年历史的再现,不如说是多克托罗对那段历史的虚构重塑。在多克托罗看来,事实是历史的意象,就像意象是虚构的材料一样。对他而言,"历史是一种虚幻,而虚构则是推测的历史。"①作为多克托罗的第一部战争历史题材小说,《大进军》的创作动机源于他20多年前的一部历史著作——《向海洋进军及其之后》(*The March to the Sea and Beyond*),它从士兵的角度描写了谢尔曼将军所领导的战争。多克托罗觉得它就可以成为一部小说的框架。在多克托罗所塑造的这场"大进军"之中,我们看到了一个不同视角下的战争历史,以及深陷这场战争中的人们所经历的人性挣扎。谢尔曼将军在进军途中大肆杀伤掠夺,用他自己的话说就是"杀死每一个人,夺走每一寸土地,没收每一件财物。一句话——无情地摧毁我们所见到的一切东西"。在叙述者眼里,"这支由人、大车、炮车、四轮轿式马车、两轮马车和双马轻便马车组成的浩浩荡荡的行列,对于某个旁观者来说,有一点变得十分明显,这不仅仅是一支正在移动着的军队,而是一种被连根拔起的文明,似乎全人类都搬到了这条大路上。"就是这样一个"将文明连根拔起"的冷血将军在看到敌方将领的儿子阵亡时感同身受,悲伤痛哭。对于这场战争,小说从谢尔曼将军的角度反思了战争的胜败:

> 一旦欢呼声消失了,你有两种想法。是的,你的事业是正义的。是的,你能够自豪地喝你的大肚子酒瓶的酒。但是胜利是一个虚幻的、含糊的东西。我将继续怀疑我的行动。反过来,约翰斯顿将军和他的非正义事业的同事们,现在因为失败而怨恨和喝醉,将会升华到一种正义的悲哀状态,这将使他们受用一个世纪。②

并非因为弱者和失败者更令人同情,而是胜利者在胜利的篝火冷却之后,将会面对更为漫长的道德检讨,而败者正是借了失败的外衣,

---

① Harter, Carol C. and Thompson, James R. *E. L. Doctorow*. Boston:Twayne Publishers, 1990, p. 59.
② E·L·多克托罗:《大进军》,邹海伦译,北京:人民文学出版社,2007年,第292页。

足可以一种被压迫的姿态来逃避战争的残酷对良心的谴责。

非常明显,战争的结局无论胜败,参与者战后都将面对道德的拷问和良心的苛责。从人性的意义上来说,战争是无所谓胜负的,这是一场没有胜利方的战争。这当然是多克托罗对战争的反思,因为谢尔曼将军从来没有忏悔过战争的残酷,而是坚信要通过战争的残酷使南方不再敢于诉诸战争取得独立。在多克托罗所重写的这段历史中,他不仅呈现了那场战争的残酷,而是写出了历史的可能性。如果说真实人物谢尔曼将军身上人性的光辉只是微暗的火花的话,小说中所虚构的名叫珍珠(Pearl)的姑娘可能包含着多克托罗对历史的可能性的最好思考。有着白人外表实为黑人奴隶身份的珍珠是小说中一个动人的角色。她不仅宽恕了历来恶待自己的生父,而且竭力救出了自己同父异母的哥哥,并始终追求着仁慈与博爱。对于一个有着奴隶身份的黑人(尽管她看起来是白人)来说,自由是她最大的梦想。对珍珠来说,一旦拥有了自由,她就不必知道自己在哪里,要做什么。但事实上,在南北战争结束许多年后,在黑人已经拥有了自由的身份之后,他们仍然需要知道自己在哪里,要做什么。这是多克托罗虚构的历史对现实的反思:这场战争到底带来了什么,是胜利吗?还是自由?

整部小说的叙述是非线性、多视角的。叙述者甚至是历史上真实的名字,这样的历史叙事在真实和虚构之间瓦解了线性单一的历史观念,消解了统一宏观的宏大历史叙事,代之以碎片式的、割裂的、更加个体化的历史重构和体验。

## 47 威廉·加斯的后现代创作有何特征?

威廉·加斯(William H. Gass,1924- )是当代美国著名后现代小说家、文学评论家和哲学教授,是"元小说"一词的首创者。1924年威廉·加斯出生在北达科他州的法格,他在俄亥俄州长大,1954年获得康奈尔大学哲学博士学位,先后执教于普渡大学和华盛顿大学。加斯曾在肯尼恩大学师从兰瑟姆(John Crowe Ransom),深受新批评的影响,因而特别关注语言,"我从不怀疑语言,我知道它有迷惑性,但我就是相信语言"。① 塞奥·德汉曾这样评价加斯对于语言的关注："加斯的故事中,什么也无法'聚合'起来,的确无情节,无主题,无人物。故事唯一的兴趣想必是在语言本身了"。② 对加斯而言,对文字和符号的体验就是生活中最重要的体验。威廉·加斯的创作速度很慢,但除了小说之外,他还发表了大量的评论性文章,他在创作上和理论上所投入的精力是相同的。加斯共创作了 3 部长篇小说:《奥门赛特的运气》(*Omensetter's Luck*, 1966)、《威力·马斯特的孤妻》(*Willie Master's Lonesome Wife*, 1968)、《隧道》(*The Tunnel*, 1995), 4 部短篇故事集:《在中部地区的深处及其他故事》(*In the Heart of the Heart of the Country and Other Stories*, 1968)、《我婚后的第一个冬天》(*The First Winter of My Married Life*, 1979)、《卡尔普》(*Culp*, 1985)、《笛卡尔奏鸣曲》(*Cartesian Sonata*, 1998)以及十多部评论文集。其中《隧道》获得了 1996 年美国图书奖,三部评论文集《文字的原住地》(*Habitations of the Word*, 1984)、《发现形式》(*Finding a Form*, 1997)和《时间的考验》(*Tests of Time*, 2002)分别获得了 1985 年、1997 年和 2003 年国家图书批评奖。2000 年,因为"他的作品代表了美国文学不同领域的成果,有着不朽的创新和高超的艺术手法",加斯被授予第一届国际笔会/纳博科夫奖(PEN/Nabokov Award)。

《隧道》是威廉·加斯耗时 30 年完成的巨著。小说讲述了一个名叫威廉·弗里德里克·科勒(William Frederick Kohler)的人的故事,他也是小说的叙述者。科勒是中西大学的历史学教授,刚完成了一部历史著作《希特勒的德国之罪恶与天真》(*Guilt and Innocence in Hitler's Germany*),正试图为此书写作一篇导言,却发现自己把导言写成了他自己生活的历史。随着小说的进展,我们看到了科勒生活中所经历的谎言、疯狂的情感以及各种混乱不堪的经历。科勒一方面持续地发掘

---

① McCaffery, Larry. *The Metafictional Muse*. Pittsburgh: University of Pittsburgh Press, 1982, p.5.
② 塞奥·德汉:"美国小说和艺术中的后现代主义",《走向后现代主义》,佛克马、伯顿斯编,王宁等译,北京:北京大学出版社,1991 年,第 255 页。

着自己记忆中的过去,一方面不断地从他所工作的地下室挖掘一条通向外部世界的隧道。这也是一条反映了科勒自己的一生的隧道。在这部小说中,我们看到加斯重新定义了关于历史、邪恶、生命与死亡的思想。科勒的一生并不幸福,有着不幸的婚姻和痛苦的少年时代,他对世界和自己都充满了失望。小说中不断出现的一个主题是科勒想要建立一个"失望者之党"(Party of Disappointed People),他不断地为这个党派(PDP)设计徽标,包括旗帜、勋章、横幅以及"忘恩奖章"。小说的最后一页就是"失望者之党"的徽标。《隧道》是一本关于历史的小说,对科勒影响最大的是一个德国历史教授玛格斯·塔博(亦被称作"疯狂的梅格"),他的历史观决定了科勒对历史的看法。塔博对历史数据和所谓的铁的事实并无敬意,认为"数据不过是狗而已,它们需要被训练"。此人个性极强,他的历史研究方法深刻地影响了怀疑主义者科勒。科勒能够认同和理解纳粹的作为,当然他还不是纳粹的同情者。他为他们的行为深感愤怒,但能够理解事情如何发展到了如此地步,就好像那些发生在他自己生活中的事情一样。

加斯自1966年开始写作《隧道》,小说边写边发表,是所谓的"过程小说"(work-in-the-progress)。小说出版之时加斯已经是67岁高龄,而且在此30年间一直在不断发表作品。可以说,加斯写作生涯的三分之二的时间都在写作《隧道》。1972年,加斯预计将在"几年的时间"内完成这部作品,1979年,他再次说到"还要几年",1983年时小说手稿已达上千页,但加斯说距离完成还要几年。在《隧道》被断断续续发表的过程中,伴随这些片断,加斯常常发表一些理论文章和访谈。因此,尽管加斯声称他的小说是自治的,他的这些访谈和论文则无疑是理解《隧道》的重要部分。

总体而言,威廉·加斯的后现代创作的主要特征是对语言的关注和"元小说"写作手法的持续实验。对加斯而言,文字不指向现实,而是指向其自身,其意义取决于它在文本中与其他文字之间的关系,可以因语境不同而发生变化。加斯的这种语言思想主要是受到了维特根斯坦(Ludwig Wittgenstein)的"语言游戏说"的影响,特别是维氏"用法即意义"的观点给加斯以极大的启发。加斯对"元小说"的探讨也主要围绕语言的特性来展开。

## 48 唐·德里罗的后现代创作有何主要特征？

唐·德里罗（Don DeLillo，1936— ）是当今美国文坛最为重要的作家之一，其创作直指当代生活的内核，以致有论者称"我们就生活在德里罗式的时代"（Jesse），他的作品被誉为"最具感受力和创见性的当代美国小说的代表"（David Cowart），后现代理论大家詹姆逊也赞德里罗为"最具才华的后现代小说家"。1936年11月20日，德里罗出生在纽约布朗克斯（Bronx）的美籍意大利人的居住区福德汉姆（Fordham）。中学毕业后，德里罗进入福德汉姆大学学习神学、哲学和历史。1958年，德里罗大学毕业，获得传播学学位。但德里罗自己并不喜欢学校的生活，1982年，他曾对采访他的哈里斯（Charles Harris）说"那些伪君子把我教成了失败的禁欲主义者"。相对于失败的学校教育，纽约的文化环境，各种现代派绘画、爵士音乐，特别是欧洲的新浪潮电影等在德里罗的写作上打下了深刻的烙印。德里罗的天主教背景也对他的创作影响深刻，天主教的各种仪式和教义深深地影响到了德里罗的创作，在他的不少作品中我们都能看到虚构的抽象体系、教条、信念等如何掌控人们的思想，驱使他们的行为。而且，在德里罗后期的作品如《地下世界》（*Underworld*，1997）、《国际大都市》（*Cosmopolis*，2003）及《坠落人》（*Falling Man*，2007）中存在着明显的超越性冲动，这不能不说是天主教的影响。德里罗著有15部长篇小说、4部剧本以及若干短篇小说和散文等。在近半个世纪的创作生涯中，他曾折桂诸多文学奖项，其中包括爱尔兰—阿尔—灵格斯国际小说奖、美国全国图书奖、福克纳小说奖、威迪·安·豪威尔斯奖及耶路撒冷奖等。

德里罗被誉为与托尼·莫里森、托马斯·品钦及纳博科夫等齐名的天才作家，是美国大学文学课程的必选作家。他致力于描写媒介、消费、技术、生态灾难、恐怖主义、全球化等对美国当代社会的全方位渗透，其小说的主题包括：人类与技术的关系；历史（及历史的主体）的整体性与历史的多元、破碎及偶然性之间的对立;消费资本主义的过度消费及其对个体生命的影响;语言与社会秩序之间的关系;当代世界的私密与透明之间的争竞;以及世界作为垃圾与垃圾作为艺术之间的关系等。德里罗自称美国社会的局外人,从其第一部长篇小说《美国志》(*Americana*,1971)开始,凭借自己对美国工业时代各种文化景观的独特体悟,以黑色幽默式的文体风格和预言式的忧思远虑,德里罗一直对后现代美国的社会、政治和文化生活之"魔力与恐怖"(magic and dread)进行着"文化批判",被誉为"最犀利的千禧美国的文化解剖家之一"。品钦认为德里罗是像梭罗、马克·吐温及德莱塞那样的爱国者,因为他们对美国社会的批评正是为了美国更加美好的明天。莱恩更赞德里罗为"20世纪的狄更斯,就像当年狄更斯用垃圾堆,他用现代生活中的有毒成分来展现产生这些有毒成分的社会所存在的道德缺陷"。[①]

宽泛说来,德里罗的小说的后现代特征与其说是表现在创作形式上,毋宁说是表现在其小说对诸多后现代观念的思考上,他的小说思考多于叙事,往往令人不安,发人深省。德里罗常常借小说人物之口,以精美复杂的语言来表达观点。德里罗不喜欢简明易懂的小说,他喜欢挑战读者,"为难读者与其说是对读者的进攻,不如说是对时代及其廉价的知识市场的挑战。……作家逆时代而工作,所以不被广泛阅读会让他高兴。观众会削弱他。"[②]因此,德里罗没有在他的小说中创造出符合美国大众想象的任何人物。德里罗的小说,除了主体的当代性外,在写作手法上最大的特征在于其复合的文本特征。德里罗的文本是各种风格、语气及表达方式的蒙太奇(Montage),他的写作文类包括科幻小说、谋杀小说、成长小说、政治惊险小说、滑稽性事小说、间谍小说、灾难小说、校园小说、鬼怪小说、运动小说等。这种混合的文体使得他的

---

[①] Ryan, Bryan ed., *Major 20th-Century Writers*. Detroit and London: Gale Research Inc., 1991, p. 797.

[②] Leclair, Tom. "An Interview with Don DeLillo," in *Anything Can Happen: Interviews with Contemporary American Novelists*, ed. Leclair and Larry McCaffery. Urbana: University of Illinois Press, 1983, pp. 79-90, quote on p.87.

小说将恐怖与疯狂的幽默融为一体,而恐怖和幽默又正是后现代美国的文化特征。伦特恰瓦(Frank Lentricchia)认为,"可怖的喜剧(terrific comedy)是德里罗的模式:就连在《天秤星座》(*Libra*)中最出人意料的时刻,他对刺杀肯尼迪的奥斯维尔德的生活的想象也充满了喜剧特征。"反讽是德里罗小说的另一个重要特征,不仅是在语言文字上,消费、媒介和技术的意识形态构成了德里罗小说的结构性反讽情境,其中表象与事实对立,形式与内容对立,既有表面又有深度,既暧昧又透明,使我们既关注形式层次,又关注内容层次。德里罗虽常被文学史家列入"后现代主义小说家"名单,但他从未放弃传统,而是以高超的艺术手法讲述一个个引人入胜的故事,除了现代主义与后现代主义成分,德里罗的小说中有着丰富的现实主义成分,受到批评家和普通读者的广泛欢迎。

## 49 《一个后现代主义者的谋杀》后现代了什么?

《一个后现代主义者的谋杀》(*Postmortem for a Postmodernist*,1997)是美国作家阿瑟·A·博格(Arthur Asa Berger,1933—  )的一部后现代"学术荒诞小说",他的其他学术荒诞小说包括《哈姆雷特谋杀案——文学批评理论另类读本》(*The Hamlet Case: The Murders at the MLA*,2000)、《学术会议上的惨案——大众传播理论另类读本》(*Mass Comm Murders: Five Media Theorists Self-Destruct*,2002)及《涂尔干死了——社会学理论另类读本》(*Durkheim is Dead!: Sherlock Holmes is Introduced to Sociological Theory*,2003)等。

这是一部侦探小说。小说开始,美国著名后现代主义理论家格罗奇(Ettore Gnocchi)教授正在与同事和学生聚餐,突然停电了。当灯光再次亮起的时候,人们发现格罗奇教授趴在桌子上,他死了。在他的脑门上有个暗红色的小窟窿,背上露着一把银色短剑的剑柄,右颊上射着一只末端系着黄毛的木镖,他酒杯里剩余的酒洒在桌上冒出一股硫磺味。显然,他被用四种方式(枪击、剑刺、镖射、投毒)谋杀了。调查过程中,侦探亨特(Solomon Hunter)在格罗奇的尸体上发现了这样一张便条:我有理由相信我的生命处于危险之中,万一我惨死,这一理论会指向谋杀我的凶犯,要抓住一个理论家得靠理论——艾托尔·格罗奇。亨特于是开始试图了解何谓后现代理论,小说中有18章篇幅来探讨后现代理论家如詹姆逊、哈桑、利奥塔、博德里亚等的观点。比如,小说第一章开始就引用了博德里亚关于后现代"拟像"的重要观点:

现实本身就是超现实的。超现实主义的奥秘总是表现在最平庸的现实也可以变成超现实的。不过,这只有在某些仍与艺术和想象物密切相关的特殊时刻才会如此。如今,日常现实——无论是政治的、社会的、历史的,抑或经济的现实——从现在开始融入了超现实主义那仿真的层面。无论在哪里,我们都生活在"现实的审美幻象之中"。

如果一切都是符号和幻象,这桩谋杀案呢?谋杀真的发生了吗?格罗奇尸体上的纸条所写的"抓住一个理论家得靠理论"到底是什么意思?亨特探案的过程变成了一场后现代理论之旅。小说充满了借用和拼贴,除了后现代理论的介绍和讨论,还有近二百幅后现代绘画和摄影作品,可谓一个典型的后现代世界的文本再现。亨特在调查中推理出了格罗奇教授死因的四种可能:第一,格罗奇的双胞胎兄弟杀死了教授,因为他是意大利黑手党的杀手;第二,现场6人分别以4种方式杀死了教授;第三,格罗奇教授自杀,因为他知道自己因心脏病会很快死去;第四,在别人杀死他之前,他已经因心脏病突发而死亡。亨特因此对此案作出了一个"后现代"解答:即使有许多人想杀死格罗奇,但实际上没有人杀死他,因为在被杀之前,他就已经因突发心脏病而死。亨特由此认为格罗奇教授之死是"极其微妙的后现代式的",即这个案件或许只是符号,是话语,我们不能确定凶杀是否发生,也不能确切知道谁是凶手。小说结尾,小说家康斯坦特(Basil Constant)开始写一部新的小说,题目是"一个后现代主义者的谋杀",它的第一章与小说开头的第一章完全一样。

如果说许多后现代小说都探讨了后现代生活的不确定性特征的话,《一个后现代主义者的谋杀》一书则是后现代了后现代理论,探讨了后现代理论的困境,即倘若我们囿于后现代理论,就会陷入不确定性的怪圈,无法逃脱,是对后现代理论自身的不确定性的反思。

# 六、总结篇

## 50 后现代主义文学的主要艺术特征是什么?

关于后现代主义文学的艺术形式,国内有许多讨论,有的从语言的角度,有的从叙事的角度,有的从人物的角度,有的从读者的角度,指出了后现代主义文学语言自治、叙事零散、平面人物、读者中心等文本特征;也有的从其与现代主义文学之间关系的角度等探讨它对传统文学形式的继承和超越。我们将依据后现代主义的去分化(dedifferentiation)特征来考察后现代文学的越界实践。

英国社会学家斯科特·拉什(Scott Lash)提出,现代主义的文化运动主要呈现为一个不断分化的过程,而后现代主义则体现为一个去分化的过程。① 我们知道,现代主义不仅体现为一场文化上的变革,也呈现为一种文化上的激进主义。按照周宪先生的分析,现代主义的分化主要表现为艺术与非艺术的分化、审美经验与日常经验的分化、精英与大众的分化,以及艺术自身的分化。② 后现代主义在很大程度上是对现代主义的分化的反动,正如菲德勒论后现代主义文学的论文《跨越边界——填平鸿沟》("Cross the Border — Close the Gap", 1991)中所指出的,"事实上,后现代主义意味着批评家和欣赏者之间的鸿沟被填平了,这鸿沟亦即批评家被当作'趣味的引导者',而欣赏者被看做'追随者'。但是更重要的是,后现代主义意味着艺术家和欣赏者之间的鸿沟

---

① Lash, Scott. *Sociology of Postmodernism*. London: Routledge, 1990, pp. 11-12.
② 参看周宪:《审美现代性》,北京,商务印书馆,2005年,第296—340页。

被填平了,或者说,也就是填平了艺术领域中专家和外行之间的鸿沟。"① 詹姆逊也曾指出后现代主义的特点之一是"一些主要的界限的分野的消失"。② 后现代主义文学消解了乌托邦,消解了纯粹化,抛弃了自恋、个人风格和艺术的统一性,抹平了历史深度和精神深度,甚至拒绝解释。对后现代主义文学来说,"怎么都行"。这种"怎么都行"的实质在文学形式的体现就是艺术内部界限的消失,高雅与通俗的融合以及真实与虚构的模糊。

**艺术内部界限的消失:** 后现代主义推崇相对主义和多元论,艺术自身的"形式纯粹性"和"介质纯粹性"已被"混杂"、"蒙太奇"和"拼贴"所取代。艺术内部界限的消失主要体现在体裁越界、文本间性和零散叙事。体裁越界是后现代主义文学的一个重要特征,诗歌、戏剧、注释等混杂出现,历史小说、通俗小说、侦探小说相互模仿戏拟等等。文本间性是克里斯蒂娃在巴赫金的对话理论基础上提出的概念,意指一个文本与其他文本之间的关系。哈桑在《后现代的转向》中也将文本间性当作后现代文本的一个重要特征。后现代主义文本常常充斥着或明或暗的引文,而且大量利用已存的文化文本,利用读者早已熟知的人物、神话、情节、场面、话语等。文本间性不仅揭示了后现代主义文学与此前文学的连续性,更揭示了其断裂性。这种文本间性与结构主义所探讨的共同结构、荣格(Carl G. Jung)的集体无意识、詹姆逊的政治无意识、弗莱(Northrop Frye)的文化无意识并不一样,互文在后现代主义文学中主要是为了消解传统的思想理论体系,解构其合法化基础而进行的戏拟。零散叙事或碎片化叙述也是艺术内部界限消失的表征,因为艺术内部界限的消失的本质是艺术的本质以及与本质紧密相关的统一性概念的消失。

---

① Fiedler, Leslie. "Cross the Border — Close the Gap", in *Postmodernism: An International Anthology*, ed. Wook-Dong Kim. Seoul: Hanshin, 1991, p. 36.
② 詹姆逊:《晚期资本主义的文化逻辑》,陈清侨等译,三联书店,1997 年,第 421 页。

**高雅与通俗的融合：** 现代主义是一种精英主义和英雄主义，后现代主义则转向了流行主义或民粹主义。如果说现代主义通过拒绝大众和日常生活来抵抗平庸的资产阶级价值观的话，后现代主义则把通俗和流行当作自己的策略。詹姆逊注意到，"到了后现代主义阶段，文化已经完全大众化了，高雅文化与通俗文化，纯文学与通俗文化之间的距离正在消失。"[①]后现代主义文学不再如现代主义文学那般的曲高和寡，如果说早期的后现代主义文学因极端的形式实验还"吓"跑了一些读者的话，后期后现代主义文学与侦探小说、历史小说、言情小说、哥特小说、冒险小说、科幻小说等通俗文学形式充分结合，打破了高雅文学与通俗文学的界限，不仅获得了艺术上的巨大成功，也拥有庞大的阅读群体。比如艾柯的《玫瑰之名》和多克托罗的《比利·巴斯盖特》等等。

**真实与虚构的模糊：** 早在20世纪30年代，本雅明（Walter Benjamin）就注意到技术的发展改变了艺术生产的样态，大规模的机械复制导致了传统的崩溃，复制品的"震惊"（shock）效果取代了原作的"灵韵"（aura），原作的核心地位衰落，复制取代了原作。詹姆逊和博德里亚也注意到"复制"成为了后现代的基本主题，而仿像（simulacra）更成为后现代的基本文化符码形态。符号与现实的关系被彻底颠覆，博德里亚认为，符号的生产在后现代文化中有着它自身的逻辑，彻底摧毁了真实与想象的边界，虚构的符号逐渐取代了我们对真实的判断。这也是后现代主义自身的表征危机。后现代艺术家不再相信艺术符号可以表达真实的世界。在后现代文学的实践中，这种表征危机主要体现在语言的自治和自反性写作。语言不再反映现实，而是成为了能指的链条；文学也成为了关于文学的文学，文学的虚构性被作者清晰地呈现出来，"元小说"、"编史元小说"正是这样一种自反性写作。同时，后现代主义文学在内容上也模糊了真实与虚构，历史人物和事件都走进了后现代文学，比如库弗的《公众的怒火》与德里罗的《天秤星座》等。

---

① 詹姆逊：《晚期资本主义的文化逻辑》，陈清侨等译，三联书店，1997年，第147页。

## 51 后现代主义文学体现了怎样的语言观?

后现代主义小说家威廉·加斯曾道:"在小说中,我的兴趣在于转变语言。……作品中只有一样东西:词语以及它们如何产生作用与如何连接。"①的确,后现代主义文学在很大程度上呈现为语言的狂欢和文字的冒险。语言不再是反映现实的透明工具,人也不复是语言的中心。"说话的主体并非控制着语言,语言是一个独立的体系,'我'只是语言体系的一部分,是语言说我,而不是我说语言。"②语言在后现代主义文学中是一个独立、自足、自为的体系,其本身就是意义所在,因为世界上并不存在先验、客观的意义。意义产生于符号的差异,因此写作不过是"语言游戏",正如维特根斯坦所提出的语言游戏说的中心命题"用法即意义"所揭示的,后现代文学通过表现语言符号的非表征,即语言作为符号不再具有指涉功能,而只能自我指涉,使得后现代作家成为"思考语言的人,一个思想家兼语言家(换言之,既不完全是思想家,又不完全是语言家)"。③

后现代文学以各种夸张的语言试验以及越界使用意在表明语言的主体地位,人不再是语言的主宰而变成了语言的载体。在后现代主义那儿,语言不再是听人使唤的工具和令人摆布的中介,语言本身成为了知识对象,一种客体,它有着自己的王国。后现代文学各种极端的语言拼贴和蒙太奇在不同的读者面前会呈现出不同的意义,文本因而成为一个开放的系统。按照拉康的说法,说话者在语言论述中的文风中所要表达的,正是复杂的社会关系,各种文风的使用,实际上就是复杂而曲折的社会关系在语言表达上的实际表现。因此,后现代文学中的各种极端语言形式的游戏正是对后现代文化症候的一种表征:混乱、失序、无中心等等。

---

① 汉斯·伯顿斯:"后现代世界观及其与后现代主义的关系",《走向后现代主义》,佛克马、伯顿斯编,王宁等译,北京:北京大学出版社,1991年,第47页。
② 詹姆逊:《后现代主义与文化》,唐小兵译,西安:陕西师范大学出版社,1986年,第29页。
③ 罗兰·巴特:《文之悦》,屠友祥译,上海:上海人民出版社,2008年,第29页。

## 52 后现代主义文学体现了怎样的人物观?

如果说在传统的现实主义小说里,我们通过人物的行动或活动来认识一个人物——如果他们有心理活动也是在他们行为的过程中,并伴随着这种行为——我们通过"看见"一个人来认识他,那么在现代主义的小说里,我们是通过"听"来辨识一个人物,小说人物往往在不能真实地介入的生活世界里独白着走来走去,进行着内心深处的自我对话。这些没有引号的独白或对话,赋予小说中的人物一种与现实主义小说不同的个人的新鲜感和真切性,但"他们的个人主体性却是如同一个鳏夫的孤独的主体性,是已经被世界当作了一个客体、一个物的主体性。他们与自己所生活的世界之间的永恒冲突,不再表现为行为上和社会公共空间、公共事务的冲突,而是表现为内心冲突"。① 现代主义文学在某种意义上是在"上帝死了"的口号之下着意创造出新的尝试,而后现代主义文学并不追求终极价值,不愿意对重大的社会、政治、经济、道德、伦理、美学诸问题进行严肃而认真的探究,不再试图赋予世界以意义。后现代主义极力反对现代主义关于深度的"神话",拒斥孤独感、焦灼感之类的深沉意识,而是将其消解或平面化;它怀疑乃至否定文学的价值论和本体论。后现代主义文学中,人物被大大淡化,甚而消解了,就像冯内古特在《五号屠场》中所言:"本小说里几乎没有人物……因为书里大多数人物都是被巨大力量弄得无精打采的玩物。"②

后现代主义文学中的人物呈现出非人格化特征,很多人物都没有姓名,比如罗伯-格里耶的《去年在里安巴》(*Last Year in Marienbad*,1961)中的三位主人公被分别命名为 X、A、M,《嫉妒》(*La Jalousie*,1957)中叙述者的妻子也被作者称为"阿 X"。正如符号与所指关系的任意性一样,通过这种符号化的命名,后现代文学中的人物被抽空了内核,成为漂浮的能指,是缺乏深度、不确定的、扁平的"卡通式"人影。

---

① 耿占春:《叙事美学:探索一种百科全书式的小说》,郑州:郑州大学出版社,2002 年,第 3 页。
② 冯内古特:《五号屠场》,虞建华译,南京:译林出版社,2008 年,第 56 页。

格拉夫(Gerald Graff)说,在后现代小说中,人物如同外在的现实,是某种"对它一无所知的"食物,缺乏貌似有理的动机或者发现的深度。①后现代主义文学无意刻画可信的人物,而是将人物的虚构告白于读者。比如在《法国中尉的女人》中,十二章末尾,叙述人陡然问道:"莎娜是谁?"接着在十三章开头,叙述人说道:"我不知道。我现在讲的故事全是想象。我创造的这些人物从未存在于我大脑之外。"的确,"在后现代小说中,人物也如同永恒的实体,是某种'关于子虚乌有'的东西,缺乏说得通的动机或可发现的深度。"②

## 53 后现代主义文学体现了怎样的情节观?

亚里士多德认为,情节是指"事件的安排",是悲剧的六个成分中"最为重要的"。③ E·M·福斯特(Edward Morgan Forster)通过与故事相比来解释何为情节:"故事是按时间安排的事情,情节也是叙述事情,不过重点放在因果关系上。'国王死了,后来王后死了',这是一个故事。'国王死了,后来王后由于悲伤死了',这是一段情节。"④故事的发展遵照事件自身的逻辑,而情节要为事件之间建构联系,前者是事件的时间或逻辑的抽象排列(ordering),后者是叙述中的实际顺序(sequence),是故事中的话语。

现实主义小说家往往遵循亚氏的情节观,按照"合理"的情节叙述故事,这类小说的可读性很强,就像狄更斯所言,能让读者笑,也能让读者哭。现代主义作品中的情节观念大大淡化,更多关注人物的内心和瞬间的呈现,比如意识流等现代主义手法。现实主义文学中的情节仍然遵循着因果律,是动态的,现代主义文学关注时间(瞬间),其情节倾

---

① Graff, Gerald. *Literature Against Itself: Literary Ideas in Modern Society.* Chicago: University of Chicago University Press, 1979, p. 53.
② Ibid, p. 53.
③ 亚里士多德:《诗学》,罗念生译,北京:人民文学出版社,1982年,第21页。
④ E·M·福斯特:《小说面面观》,方士人等译,上海:上海文艺出版社,1990年,第271页。

向于静止,而后现代主义文学则在很大程度上以荒诞和迷宫般的情节消解了情节,是情节零度。

情节在后现代主义文学作品中被简化为碎片般的叙事拼贴,相互之间并无联系,情节"可能成为了一种借口",它"没头,没身,没尾,没有连贯性"。[1] 汉森(Clare Hanson)认为"后现代主义小说中的情节,常常要么少得可怜,要么多得疯狂"。[2] 无论是少还是多,都是一种情节的虚无,因为情节众多就是对情节的解构和颠覆,其本质仍是无情节,就仿佛中心多了也就无所谓中心了。后现代主义文学的情节零度还表现在情节的荒诞和迷宫般的叙述中,无论是荒诞的情节,还是迷宫般的情节,都指向后现代现实的不确定性和无序状态。后现代主义文学作品的情节"内爆"、互文,及开放的结构就像博德里亚谓之的"拟像",表征出后现代状态下真实与虚构、历史与事实、主体与语言之间的二元对立模式已然失效。

## 54 后现代主义文学体现了怎样的叙述观?

后现代主义文学的主要叙述特征呈现为碎片化和拼贴状,是叙述本体论的。巴塞尔姆曾借《看见月亮了吗?》中的一个人物之口说,"碎片是我唯一信任的形式。"这是因为"破碎远远超出了叙事代码的简单破裂。它不仅仅是一种技巧或花招——或者说如果它是的话,其效果是有限的——它是理解世界和概念的一种模式;它是一种过程,而不是一种常规(formula)"[3]。作为理解世界和概念的一种模式,后现代主义文学自我指涉式的破碎叙述把我们从一个想象的统一理性的世界图景

---

[1] Seed, David. "In Pursuit of the Receding Plot: Some American Postmodernists" in *Postmodernism and Contemporary Fiction*, Edmund J. Smyth ed., B. T. Batsfrod Ltd., 1991, p. 36, 53.

[2] Hanson, Clare. *Short Story and Short Fiction, 1880-1980*. Macmillan, 1985, p. 141.

[3] Couturier, Maurice & Reigis Durand, *Donald Barthelme*. London: Methuen, 1982, p. 25.

中解放出来,我们得以了解,历史是一种叙述,语言才是主体。我们知道,存在着两种叙述:线性叙述结构和水平式叙述结构。线性叙述结构以真实为圭臬,是一种封闭式叙述,多为现实主义创作所采用;水平式叙述结构呈发散型,没有封合(enclosure),碎片状的叙述互为主体,不存在中心,多出现在现代主义和后现代主义作品中,尤其是后现代主义文学作品之中。

伽达默尔(Hans-Georg Gadamer)认为艺术的本质是游戏,游戏是艺术作品本身存在的方式,游戏活动的主体是游戏活动自身而不是游戏者,因此重复性就成为游戏的本质。游戏的另一个特征是无目的性,游戏是一个过程。游戏需要观者,观者的在场是游戏得以进行的必要组成部分。在伽达默尔的艺术即游戏说基础之上,德里达提出了解释即游戏,解释的目的不再是为着寻求隐蔽的意义,相反,解释的过程是开放的和无终止性的,解释的目的就是解释自身。据此,我们也可将后现代主义文学的自反性碎片化叙述视为后现代写作的游戏,叙述即游戏,重要的是叙述结构自身,是读者的参与共同完成了叙述的过程。在这个意义上,我们认为,后现代主义文学是叙述本体论的,能够回答麦克黑尔(Brian McHale)所列的后现代主义作品所提出的世界是什么的问题:世界是叙述,世界类型的多少就是叙述类型的多少,世界的组成就是叙述的组成,不同之处在于叙述的不同……文本存在的方式是叙述,等等。[①] 与现代主义要认识和解释世界不同,后现代主义将世界按

---

① 在《现代主义文学向后现代文学的主旨嬗变》中,布莱恩·麦克黑尔指出:现代主义是以认识论为主旨的。即现代主义作品计划提出如下问题:从作品中获知什么? 如何获知? 谁知道它? 他们如何知道它,确切程度如何? 认识是如何从一个人转到另一个人的? 可信性如何? 认识从一个人传给另一个人时,认识的对象是如何改变的? 什么是认识的极限? 等等。后现代主义作品以本体论为主旨。即后现代主义作品计划提出下列问题:世界是什么? 世界有多少种类型? 如何组成? 不同点在哪里? 当不同的世界相遇时,会发生什么? 或什么时候世界间的界限遭受侵犯? 文本存在的方式是什么? 他所设计的存在方式又是什么? 被设计的世界是如何构建的? 等等。见佛克马、伯顿斯编,《走向后现代主义》,王宁等译,北京:北京大学出版社,1991年,第71—72页。

其本来的面目呈现在读者面前，意义不是现代主义的精英意识所赋予的，而是读者个体经验性的创造和发现。

## 55 后现代主义文学体现了怎样的历史观？

以编史元小说为代表的后现代主义文学重返历史现场、重构历史真相的实践正是20世纪后半叶人们对历史的真相重新思考的重要表现，海登·怀特在1978年曾宣称："当代文学的鲜明特征之一在于执着地坚信：历史意识必须被抛在脑后，如果作家想严肃地审视人类经验中那些现代艺术特别要揭示的层面。"[1]在怀特之前，费舍（David Hackett Fisher）也注意到了文学作品对历史观念的敌视，"小说家、剧作家、自然科学家、社会学家、诗人、预言家、学术权威和具有多种信念的哲学家，都强烈表现出对历史观念的敌视。我们许多同代人特别难以接受过去时代和往昔事件的真实性，顽强地抵制对历史知识的可能性和实用性的论断。"[2]的确，在后现代主义小说里，对历史真实性的怀疑，及作为社会约定的语言符号的观念已经深入元小说、编史元小说等后现代主义文本之中。

西方史学发展史上存在三种重要的史学理论：重构论、建构论和解构论。重构论认为存在一个单一、统一的过去，历史事实存在于史料之中，因而历史是可以还原的。建构论史家把过去分为真实的过去、史料中的过去和历史学家的过去。建构论史观认为历史研究不是研究过去，而是研究过去的痕迹，因此在历史研究中史家精神、史学理论与观念工具都非常重要，这就引发了人们对历史研究主观性的重新认识。后现代主义的历史观就是解构论的历史观，以海登·怀特的新历史主义为代表，认为历史也是叙述，历史学是一种话语的结构，其内容既是被发现的，又是被发明的。因而历史学家在历史书写中也

---

[1] White, Hayden. *Tropic of Discourse: Essays in Cultural Criticism.* Baltimore and London：The Johns Hopkins UP, 1978, p. 30.
[2] Fisher, David Hackett. *Historians' Fallacies: Toward a Logic of Historical Thought.* New York：Harper and Row, 1970, p. 307.

像文学家一样诉诸想象,将凌乱无序的事件整理成"合乎历史规律"的历史,使得这些历史素材看起来像是自然有序地发生在过去。怀特强调指出,在历史文本的表层下面还存在着一个潜在的具有诗性、语言特征的深层结构。诗性结构说明历史与想象有关,而语言结构则说明历史的本质乃在于语言的阐释,因而具有语言构成物的虚构性。怀特指出历史话语通过"形式论证"、"情节设置"及"意识形态的暗示"三种策略进行自我解释。怀特拆除了历史与文学的界限,"历史作为一种虚构形式,与小说作为历史真实的再现,可以说是半斤八两、大同小异。"①

后现代主义历史观并不反对历史——如詹姆逊和伊格尔顿所认为的那样,它正视历史中的偶然性、不确定性,甚至虚构性,并不是要否认历史知识,而是要破除目的论、因果论和连续性的历史观。艾柯曾说,"后现代对现代主义的回答即承认必须返回过去。既然过去是完全无法消除的,解构它将导致沉寂(现代主义的发现);但却不是单纯地返回过去,而是带着嘲讽。"②简而言之,后现代主义史观并不意味着对历史事实的全盘否定,也并不意味着文学可以取代历史文献,过去的实在并不会因为历史的文本性而丧失其效用和意义,而是要我们看到历史的历史性,看到历史文本在形成过程中如何受到历史环境、认识条件和学术体制等各种力量的影响和约束。

## 56 后现代主义文学体现了怎样的主体观?

在后现代主义文学普遍的自反性叙述和对历史的虚构性重写中,我们看到的是作为语言和历史权力建构结果的主体,他不再是一个先验的存在,也不具备普遍的人性。按照波林·罗斯诺(Pauline Marrie Rosenau)的看法,中心被消解的"后现代个体具有某种几乎是无个性特

---

① White, Hayden. *Tropic of Discourse: Essays in Cultural Criticism*. Baltimore and London: The Johns Hopkins UP, 1978, p. 62.
② Eco, Umberto. *Postscript to the Nature of the Rose*. Trans. William Weaver. San Diego, N. Y., London: Harcourt, Brace, Jovanvich, 1983, 1984, p. 67.

征的生存状态。他(她)仍是一个人,但是一个对时间、行动或后果无足轻重的人,他(她)也不是一个重视'关怀'关系(人道主义)或创作性的个体主义的作者。他(她)如此独立于所有可以认同的寻求真理的方方面面,以至于他(她),简而言之,根本就不是主体。"①

后现代主义文学不再像现实主义作家那样对人物进行逼真可信的肖像描写,相反,人物(主体)被极度符码化,白雪公主变成了卡通人物,情节变成了 V,或者 X,等等,由此,被笛卡尔(Rene Descartes)和黑格尔等所高扬的形而上学的主体观在后现代主义文学中不过是"一副面目、一个角色、一个虚构,甚至是意识形态的建构,充其量是一座怀乡的雕像"。② 在后现代主义文学中,我们目睹了主体性观念的衰落甚至消失。主体不再具有内涵,相反,是通过叙述由叙述制造出来的,也就是说,主体与语言一同出现,没有语言,主体就不能发生。后现代主义文学中的主体是不确定的、荒诞的,以及虚无的。正如福柯所言,"人是一个近期发明,而且他或许在接近其终结。如果说那些格局既然会出现也必然会消失……那么我们可以断言,人将会像海边沙滩上画的一副面孔一样被抹掉。"③

简而言之,后现代主义文学中的主体观念主要表现在三个方面:第一,对主体——人的先验性的批评。主体不是自主、自为和先验的,那不过是现代主义的一个"神话"。第二,对人的中心性的摧毁。人不再是"万物的尺度",福柯甚至宣布了"人的死亡",即各种由文化科学知识所构造起来的"人"已经死亡。第三,对人的本质的批判。人是历史的产物,是社会、政治、经济和文化共同作用的产物,人的本质既不是肉体,也非灵魂或理性。

后现代对主体和人的本质的解构直接导致了人道主义的破产和后

---

① 波林·罗斯诺:《后现代主义与社会科学》,张国清译,上海:上海译文出版社,1998 年,第 77 页。
② 张桂英:"后现代解释学",见《后现代主义辞典》,王治河主编,北京:中央编译出版社,2004 年,第 227 页。
③ 刘北成:《福柯思想肖像》,北京:北京师范大学出版社,1995 年,第 25 页。

人道主义的诞生。后人道主义认为并不存在普遍一般、永恒不变的人性和人的本质,传统人道主义的"人性"观念、"人的本质"的观念都应该抛弃,因为人的存在是相对的、多元的和复杂的。

## 57 后现代主义文学批评体现了怎样的作者观与读者观?

一种普遍的观点认为,现实主义文学是作者的"讲述"(telling),现代主义文学是作者的"展示"(showing),后现代主义文学是作者的"自我反思"(self-reflection)。与"讲述"到"展示"和"自我反思"的流变同步的是"作者"和"读者"观念的变化,简而言之就是"作者"的退隐和"读者"的诞生。

从词源学上来讲,"作者"一词起源于拉丁语中的三个动词:agere,意即"行动或呈现";auieo,意即"捆系";augere,意即"生长";以及希腊语中的名词 autentim,意即"权威"。中世纪时的重要学科中都有"作者"的概念,"作者"的作用是建立学科的基本原则和规范,并在最普遍的意义上树立了中世纪文化的道德和政治权威。以狄尔泰(Willhelm Dilthey)为代表的传统解释学将体现作者意图的本文含奉若神明,认为解释学的目标就是寻求文本的作者意图。现实主义小说的作者与读者之间存在一种"叙述契约",读者通过与文本接触可以认识文本所创造的世界或指涉的世界,满足他们填补文本中意义空白的期待,但文本仍是中心,作者乃意义之源。新批评家们通过"细读"(close reading)首先解构了作者的权威地位,认为文本的意义是独立于作者的意图的,任何寻求作者意图的批评都是"意图谬见"。后现代解释学也否定了作者意图以及文本与外部世界的联系。W·K·温默萨特(W. K. Wimsatt)和 M·C·比尔兹利(M. C. Beardsley)明确指出:作家意图无法追寻,甚至连作者本人都不知道自己的真正意图是什么。作者意图既不能有效地追寻,也不值得追寻。[1] 罗兰·巴特在《写作的零度》(*Writing Degree*

---

[1] 转引自王治河:"后现代解释学",见《后现代主义辞典》,王治河主编,北京:中央编译出版社,2004年,第227页。

*Zero*, 1953)中已经暗示了作者核心地位的消解,在《作者之死》("The Death of the Author", 1967)则明确宣布了"作者"的死亡。① 作者并非个人生命的表现者,而只是语言操纵下的表演者。传统的文学观念认为作者与作品是父与子的关系,但在巴特看来,如果作者"确实想表达自己,至少他必须懂得,他想'翻译'的内部'事物'本身只是现成的词典,词典的词只有通过别的词才能解释,等等,以至无限。"②

伴随着作者的死亡,读者诞生了。正如霍夫曼所说,"从某种交际的角度来看,现代主义似乎强调创作感受与艺术品意即发送者与信息之间的关系,而后现代主义则强调信息与收受者之间的关系。"③意义是相互作用的结果,并非隐藏在文本中作者的客观意图,而是由读者在与文本的交互作用中创造出来的。这种由读者来创造意义的文本就是"作者文本",这是一种复合文本,既开放又模糊,可以有无数种解读。与之相对的传统上由作者统领意义的文本则被称为"读者文本"。后现代主义文学是典型的"作者文本",其中大量的元叙述、元语言不仅公开宣布文本的虚构与作者意图的荒谬,也邀请读者对文本进行参与和解释。这样,文本的意义就成为了无限的过程,是不确定的和开放的。作者不再是意义的主人,不再是语言的主人,在作者的文字里,意义的游移连他自己都无法控制,这些游移,这些意义的"空白点",都需要读者去控制,去填补。

---

① 巴特的《作者之死》出版后引发许多争论。福柯随后发表《什么是作者》对巴特提出批评。在福柯看来,作者不是写作文本的说话者个人,而是一种组织话语的原则。也就是说,作者并非写者,而是代表着话语意义的来源,代表着文本话语的统一性和连贯性。照巴特的作者死亡来说,作者所关涉的整个话语体系和文化领域都死亡了,这是不可想象的。福柯在承认作者的历史存在的同时,反对批评家从文本生造出一个"作者"来"阻碍解构文本的自由流动、自由组合、分解和重新组合"。参看陈慰萱,"作者",见《后现代主义辞典》,王治河主编,北京:中央编译出版社,2004年,第756页。
② 罗兰·巴特:"作者之死",见《符号学文学论文集》,林泰译,赵毅衡编选,天津:百花文艺出版社,2004年,第510页。
③ 转引自汉斯·伯顿斯:"后现代世界观及其与现代主义的关系",见《走向后现代主义》,佛克马、伯顿斯编,王宁等译,北京:北京大学出版社,1991年,第56页。

## 58 后现代主义文学体现了怎样的真理观?

始自现代主义的语言自治观被后现代主义文学演绎到了极致——倘若不是疯狂的话。后现代主义文学在文本的语言嘉年华中昭示着与后现代主义理论家并无二致的真理观:真理标准的消失和漠视真理的态度。后现代社会之前,特别是在古典时代,根据古典语言结构中符号与意义的二元相符关系的逻辑,科学知识的论述具有相对统一的规范和标准,同时,科学知识的论述还与日常生活与大众社会的语言保持着联系,受到它们的限制和检验。但是当代知识论述结构的符码化导致了有关真理与谬误的科学认识活动的相对化和不确定化。就像文本不再属于作者,真理也没有了标准。后现代文学作品中的荒诞现象、元叙述、戏仿等同时宣布着后现代人(影)们对宏大真理寻求的无奈和放逐。取而代之的,是开放的、多元的真理观念。

苏珊·哈克(Susan Haack)认为人类探索真理的历史中所出现的真理观包括符合论真理观、实用主义真理观、融贯论真理观、语意真理观和冗余论真理观。[①] 后现代主义的真理观可以追溯到海德格尔和尼采。后现代主义真理观的代表性观点有福柯的话语权即真理的理论、拉康的语言创造真理观、罗蒂的无镜真理观和德里达的无真理的真理观。后现代主义者认为真理是可以制造的,是语言把真理和理论转化成了某种语言学上约定俗成的东西。真理因而是非确定的、处于一定语境之中。后现代主义放弃了普遍的真理,主张相对主义和多元主义的真理观。德里达曾说,"没有真理自身,只有真理的放纵,它是为了我、关于我的真理,是多元的真理。"后现代主义文学中元小说、编史元小说等都反映出真理是为语言所构建的,真理也是一种叙述,真理的历史充满了权力的话语,不再具有永恒的本质。

## 59 后现代主义文学终结了意识形态吗?

文学研究中的意识形态批评自后现代理论出现以来受到人们的质

---

① 苏珊·哈克:《逻辑哲学》,罗毅译,北京:商务印书馆,2003年,第67页

疑,尤其是在许多理论家提出"意识形态的终结"以后,人们似乎感觉现在已经进入了一个后意识形态时代。事实并不尽然。因为后现代主义理论虽然对意识形态批判的概念基础提出了尖锐的质疑,但在基本框架中,其意识形态批判却呈现出另一种新的总体批判态势。实际上,意识形态概念在后现代主义理论中已经延伸至所有的思想、语言和话语领域之中。这是因为,在所有的决定论式的有效性声明都被仅仅视为特定权力/知识实体的"效果",或者是"在场的形而上学",或者是具体的语言游戏参与者的反思的情况下,意识形态概念再一次被看成是总体性的了。而总体性的批判又总是在暗中破坏它想超越的任何一种具体批判的基础。如果说,意识形态批判在大多数现代主义思想家那里还是最为中心的话题,尤其是关于现代性的中心话题的话,那么,后现代主义基于其理论目的——对现代性的解构和破碎,就必然要明确地质疑作为现代性组成部分的意识形态概念,也就是说,在后现代主义者那里,对启蒙理性概念和关于现代性的真理的质疑就必然导致对意识形态概念的质疑。不可否认,意识形态批评是研究文学、文化与社会历史关系的一个重要方面,因为在一定意义上,意识形态的运作目标是隐蔽并神秘化资本主义制度下阶级结构和社会关系的真正实质,所以意识形态批评担负了一种去神秘化的解蔽功能。

当代资本主义文化是一种以提供通俗化、商品化的文化产品为目标的文化工业,它操纵大众的思想和心理,具有一种内在欺骗性。而作为晚期资本主义文化逻辑的一部分的后现代主义文学,是对资本主义关于平等、民主,以及进步和科学意识形态的意识形态批判。在后现代主义小说的黑色幽默、戏仿,及元创作背后潜藏的是一种解蔽资本主义所标榜的后现代时代的消费文化与有关平等的意识形态,大众文化与有关民主的意识形态、科学技术与有关进步的消费意识形态,以及多元文化与有关自由的意识形态等的虚幻的后现代意识形态批判。不过,其本质仍然是资本主义的内部批判,因为它们并没有提供一种替代资本主义模式的新的总体模式;其批判也是不系统的,是一种"零工",因此是一种后现代意识形态批判。当然,由于其所面对的时代不同,这种批判与早期的批判现实主义并不一样,那往往是通过直接揭露黑暗的现实来实现批评的目的,后现代主义文学的批判并没有那么明显,相反,这是一种众声喧哗的后现代形式,通过各种不同的文体风格表现出来。我们把它称之为"后现代意识形态批判",一方面是因为对象自身的缘故,这些作家和作品常常被归为后现代主义作家,另一方面也是因为作家和文本抵抗方式的后现代性,也就是说,这些作品并没有统一的理性逻辑和表达形式,而是后现代式的,充满了种种不确定性。除此之外,我们必须指出,后现代作家的这些批判只是资产阶级的内部批判,因为其目的并不在于诉诸革命以开引一个新的时代。

## 60 如何评价后现代主义文学?

后现代主义给人的印象似乎是反对认识论,反对主客体二元论的,其实它所反对的是在二元论的认识论中对主体之绝对支配地位的认定,而不是其根本意义上的认识论。德里达之所以认为意指总是被"延异",是因为二元论的认识论,能指与所指的对立和张力永远无法克服。就此而言,解构,甚至包括一切后现代的主张,都不是对认识论的取消,而是通过揭示认识论内部的复杂性,而尝试创新认识论。解构是一种新的认识论,一种似乎没有主体或自我的认识论——从前那个主体或自我并不纯粹,总是掺杂着一定的历史、文化和意识形态,因而是有局限的、待解构的。西方后现代主义及其文学表现也并非是一味的"解构"和否定性的消极抵抗。正是在后现代主义所张举的差异和多元主体的启发之下,以及它反对西方中心论、提倡各民族文化多元共存的思想的影响之下,女性主义文学、后殖民文学及生态文学一并兴起。这正是后现代主义运动所具有的进步意义和社会作用。后现代主义作为一种彻底的反文化思潮不仅反映出核战争的威胁和环境破坏的全球危机所引发的对现代性的批判和反思;另一方面也反映了知识分子对于无孔不入的社会权力的反抗,对更加平等的社会和文化权利的民主意识的渴望。

在《后现代主义小说》(*Postmodernist Fiction*,1987)中麦克黑尔指

出:"后现代主义小说与现代主义小说之别,是以本体论为主导的诗学与以认识论为主导的诗学之别。"根据麦氏观点,认识论是对认识和理解的研究,现代主义小说的主要关注点是个人意识的限度和可能性或者说是不同主体之间的困难关系,而本体论是对实在和存在本质的研究,后现代主义小说的本体特征表现在它对自治世界的形成的关注。对此加拿大文论家琳达·哈琴提出异议说,"编史元小说"既可提出认识论问题也可提出本体论问题。我们怎么知道过去(或现在)的本体状态是什么呢? 其文献和我们叙述的本体状态是什么呢? 此外,语言的自治、艺术的自足也是许多早期现代主义作家关注的问题。提倡"为艺术而艺术"的王尔德(Oscar Wilde)在《作为艺术家的批评家》("The Critic as Artist",1891)里就强调,一旦文艺作品(包括小说)得以完成,它就有了自己独立的生命,并且会传递与作者意图大相径庭的信息;在《谎言的衰落》("The Decay of Lying",1891)中他也阐述:"艺术除了它自己以外,从来就不表达任何东西。它跟思想一样有着独立的生命和独特的发展进程。"

抛开这种争论,我们认为,小说的精神正是世界的精神的反映,即使是在认为小说已经不能反映现实的文化语境,因为世界之不能被反映正是后现代派元小说、拼贴小说的创作动因,因为虚构和混乱正是现实的存在。20世纪可能是人类历史上最为复杂的一个世纪,两次世界大战,社会主义的兴起和挫折,第三世界的民族觉醒和独立,以及世纪末资本主义的全球化等。在这个时代,弗洛伊德发现了黑暗大陆之下奔流的人的潜意识的存在,荣格发现了集体无意识,弗莱发现了神话背后的文化无意识,詹姆逊发现了政治无意识,存在主义者发现了生存的荒诞和非理性,西方马克思主义者发现了人的"物化"和"异化"的本质等等。这复杂的文明现状直接影响了20世纪的小说,而现代小说也正是表达复杂的20世纪现代文明的最形象的方式、最为自觉的方式,同时也是最曲折的方式。昆德拉曾说过,"小说的精神是复杂性的精神。"其实曲折的小说形式是与文明的复杂性同构的。T·S·艾略特在论玄学派诗人(The Metaphysical Poet)时表达过类似的观点:就我们文明目前的状况而言,诗人很可能不得不变得艰涩。我们的文明涵容着如此巨大的多样性和复杂性,而这种多样性和复杂性,作用于精细的感受力,必然会产生多样而复杂的结果。诗人必然会变得越来越具有涵容性、暗示性和间接性,以便强使——如果需要可以打乱——语言以适应自己的意思。

表面看来,后现代主义极力反对现代主义关于深度的"神话",拒斥孤独感、焦灼感之类的深沉意识,将其消解或平面化;它怀疑乃至否定文学的价值论和本体论;后现代主义文学则不再追求终极价值,不愿意对重大的社会、政治、经济、道德、伦理、美学诸问题进行严肃而认真的探究,不再试图赋予世界以意义,写作内容消失了,写作转向中立性,即所谓"零度写作"。实际上,这只是对后现代主义文学的一种片面认识。在后现代主义文学众声喧哗的文本操演背后的绝不只是一种"怎么都行"的消极世界观,后现代文本也绝不能被简化为能指的嬉戏,正如我们不能把后现代主义约减为对认识论的拒斥一样。后现代主义文学从来没有抛弃文学的社会功能,如果说现代主义文学是在与日常生活保持距离之处实现了对现实的批判,后现代主义文学则是深入到了当代社会的内部,以拥抱日常生活的方式实现着艺术对后现代现实的抵抗。后现代主义文学,特别是编史元小说,仍然具有强烈的现实关怀和意义机制。

## 《地下世界》内容简介

《地下世界》(*Underworld*,1997)是唐·德里罗的长篇小说,以八百页史诗般的篇幅展现了美国从冷战初期到20世纪90年代近五十年的社会生活与文化变迁。小说以1951年一场著名的棒球赛揭开序幕:巨人队的汤姆森在最后一刻以一个本垒打击败道奇队,为本队赢得了锦标赛;而同时,苏联引爆了第二颗核弹,冷战的阴影开始笼罩美国。

小说接着描写了为汤姆森赢得比赛的那个棒球的经历,它辗转于不同人之手后被垃圾处理专家尼克获得。这个棒球的旅行带出了尼克与女艺术家克拉拉的一段感情纠葛及其他不同的人物和事件。小说的叙述在时间的长河里来回穿梭,一些重复出现的形象:垃圾、涂鸦、污迹斑斑的棒球把一系列的插曲和人物联系起来。通过记忆的碎片和交织的故事——包括关于公路杀手、艺术家、名人、阴谋家、匪徒、修女以及形形色色人物的叙述——德里罗编织了一张由相互关联的事件构成的网,它囊括了五十年间美国生活的林林总总,展现了冷战和大众文化以及半个世纪以来美国的时代精神。不过,冷战初期的末世焦虑、古巴导弹危机、反越战运动、前苏联的解体、柏林墙的倒塌,以及20世纪晚期资本主义商品文化作为世界市场的决定性因素的出现,这些冷战时期的重大历史事件并不是小说的关注对象,相反,它着力描写的是在这些重大历史事件背后个体的文化记忆和内在体验,以及不那么令人关注的、经济迅速发展的副产品——"垃圾",是以被称为"地下"世界。《地下世界》情节繁复,人物众多,主观叙述和客观叙述交织纠葛,任何趋于简单的内容概括都难免偏颇。

## 《地下世界》的后现代文化解读

唐·德里罗(Don DeLillo,1936- )无疑是当今美国文坛的重量级作家,著有14部长篇小说、4部剧本以及若干短篇小说和散文等。在近半个世纪的创作生涯中,德里罗曾折桂诸多文学奖项,其中包括爱尔兰-阿尔-灵格斯国际小说奖、美国全国图书奖、福克纳小说奖、威迪·安·豪威尔斯奖等。1999年,德里罗荣获耶路撒冷奖,成为获此殊荣的第一位美国作家,之前获过此奖的作家有西蒙·波伏娃、米兰·昆德拉、V·S·奈保尔等。从其第一部小说《美国志》(Americana,1971)开始,德里罗一直以冷峻的笔触对当代美国的社会、政治和文化生活之"魔力与恐怖"(magic and dread)进行着"文化批判",被誉为"最犀利的千禧美国的文化解剖家之一"[①]。同许多伟大的作家一样,德里罗总是站在现代社会的对立面,在批评所必需的距离上审视和批判当代美国社会的万花筒,通过写作,对"各种各样压迫个体和公众自由的形式,进行着不屈不挠的抗争,不管那些压迫的形式是多么复杂"。

德里罗最具雄心的作品当属其1997年发表的《地下世界》(Underworld),小说煌煌然800多页,时间跨度从20世纪50年代初冷战开始直到90年代初期冷战结束。不过,冷战初期的末世焦虑、古巴导弹危机、反越战运动、前苏联的解体、柏林墙的倒塌,以及20世纪晚期资本

---

① Duvall, John N. "Excavating the Underworld of Race and Waste in Cold War History: Baseball, Aesthetics, and Ideology", in *Critical Essays on Don DeLillo*, eds., Hugh Ruppersburg and Tim Engles. New York: G. K. Hall & Co, 2000, p. 6.

主义商品文化作为世界市场的决定性因素的出现,这些冷战时期的重大历史事件并不是小说的关注对象,相反,它着力描写的是在这些重大历史事件背后个体的文化记忆和内在体验,以及不那么令人关注的、经济迅速发展的副产品——"垃圾",是以被称为"地下"世界。《地下世界》情节繁复,人物众多,主观叙述和客观叙述交织纠葛,任何趋于简单的内容概括都难免偏颇。本文首先从构成《地下世界》的叙述线索和叙事动力的棒球赛及最终射向看台的棒球出发,通过对棒球运动及其象征的文化意义进行解读,指出冷战时期美苏之间二元对立的"我们—他们"逻辑前提之虚妄,因为美国的"自我"身份首先就是一种想象和虚构;在美国"自我"身份崩裂的基础上,德里罗更让我们看到,冷战期间武器竞赛以及消费主义造成的垃圾的增长助长了"我们—他们"的二元对立的心理状态,这个"我们—他们"已不再只是美国与前苏联的对立,而是人类与自然、人类与其更好的本性之间的对立,这种对立最终将导致"我们与自然之间,以及我们与我们更好的本性之间的疏离"①。

一

《地下世界》出版不久,德里罗在《纽约时报》发表了题为《历史的力量》一文,向读者透露《地下世界》的创作缘于1951年10月4日的《纽约时报》。那期杂志封面的左边是关于汤姆森的本垒打;右边,同样的字号,是前苏联原子弹试验的报道。《地下世界》的"前言"精彩再现了1951年10月3日在纽约保罗体育场进行的巨人队与道奇队之间那场传奇般的棒球赛,其中鲍比·汤姆森的一个本垒打在最后时刻使得巨人队反败为胜,击溃劲敌道奇队,荣膺全国联赛冠军。对于德里罗而言,这一天之重要,并不仅仅是因为汤姆森那"轰动世界的本垒打"②,更是由于在同一天,前苏联爆炸了第二颗原子弹。并非无意,德

---

① Osteen, Mark. *American Magic and Dread*. Philadelphia: University of Pennsylvania Press, 2000, p. 215.
② Don, DeLillo. *Underworld*. New York: Scribner, 1997, p. 43. 本文所引均出自此版本,以下只在文内夹注页码,不再另注。

里罗特别指出,"1951年10月3日","苏联在自己国内的某个隐秘地点进行了原子弹试验,……是一个炸弹,一种武器,……而不是在家庭供暖设备方面的和平的原子能应用"(23)。甚至在解说员拉斯·霍吉斯宣布"巨人队获得胜利"之前,一个新的时代,冷战的时代就秘密地宣布了它的到来。具有讽刺意味的是,与那场史诗般壮丽并且团结了所有美国人——不管是白人还是黑人——的球赛相比,这个将会在未来近半个世纪影响美国甚至世界的原子弹并不那么重要,"1951年10月3日之所以重要,是因为汤姆森那英雄般的本垒打,而不是因为苏联那灾难性的核爆炸"(43)。《地下世界》的故事在几个重叠的事件场域内展开,比如球赛、尼克的垃圾处理工作、克拉拉以废弃飞机为媒介的艺术创作等等,它们虽看似散乱无序,但"前言"所记录的汤姆森本垒打棒球则将所有的场景和情节串联和统一了起来。小说中许多不同的人物,从来自哈莱姆、逃学溜进保罗球场的考特·马丁,FBI主任埃德加·胡佛,到故事的核心人物尼克等,无不因这个极具历史意义的棒球而连在一起。评论家帕里斯认为,原子弹和棒球的共同存在使得德里罗能够考察人们对这场球赛的记忆何以涂抹了原子弹的记忆。[①] 棒球之于美国民众,显然比原子弹更加重要,因为核武器激发的是人们对未来的不安和焦虑,而棒球却能够带领民众回归到一个完美的过去,缓解核武器威胁的恐慌。如果棒球—原子弹的对立象征着冷战时期典型的"我们—他们"之两项对立的关系,棒球则无疑就是美国集体身份的象征。

19世纪中叶,惠特曼就说过棒球是一项"美国"的运动,同宪法和法律一样,于美国整体的历史生活至关重要[②]。马克·吐温也曾在《亚瑟王朝廷上的美国佬》(*A Connecticut Yankee in King Arthur's*

---

[①] Parrish, Timothy L. "From Hoover's FBI to Eisenstein's Unterwelt: DeLillo Directs the Postmodern Novel." *Modern Fiction Studies* 45 (1999): 696-723, p. 701.

[②] Lin, Jiann-guang. *Mapping Postmodern America: A Study of Don DeLillo's Later Novels*. Ph.D dissertation, State University of New York at Stony Brook, 2001, p. 156.

Court)中用棒球讥讽东部的文人精英缺乏民主精神。美国"棒球之父"阿尔伯特·斯伯丁（Albert Spalding）则更加直接："棒球是我们民族的运动——从其起源、发展、进步、精神和成就来看都具有明显的美国特色。"①因为球员和球迷来自社会的各个阶层，棒球被视为一个消除了社会阶层区别的民族娱乐。长期以来，棒球都与——尽管不那么令人信服——美国神话和意识形态联系在一起：不分穷富的个人主义、父子之间的关系、田园风光的消逝，最重要的是"回家"那乡愁般的渴望，就像球赛中的本垒打（homerun）规则所象征的那样。因此，棒球场也成为神圣之地，同棒球运动一样，象征着民主、自由与和平。《地下世界》的叙述人在小说开头就宣称"渴望在很大程度上造就历史"（11），而棒球当然是这渴望的最佳象征物。正是通过棒球，那些像14岁的非洲裔美国男孩考特·马丁的"地域性渴望"（local yearnings）得以实现，进入棒球场，他们仿佛就进入了美国的民主和自由，就能够"以你的声音言说，美国"（11）。逃学、逃票进入球场，考特终于能够成为看台上的一名观众，这里的每一个人，"都带有庄严的历史碎片"（16）。德里罗一方面明白地告诉读者，这场棒球赛发生在1951年，而另一方面又全部用一般现在时进行叙述，这似乎在暗示这段共同的历史仍然上演在美国人的心中，为他们所记忆。

记忆是人潜意识选择的结果，与历史的记忆相伴的是遗忘，而且常常是有意为之的遗忘。棒球运动在代表美国民主自由的精神的同时，也遗忘或压抑了在棒球共同体中的种族、性别及意识形态差异。关于棒球的起源，斯伯丁认为棒球是美国的发明，亨利·查德威克（Henry Chadwick）却认为棒球发源于英国的跑注式棒球（rounders）。亨利·查德威克是19世纪后期著名棒球作家，他的说法显然更为可靠。但是，斯伯丁只凭一些虚弱的证据，就在1907年轻率得出结论："目前的棒球

---

① Spalding, Albert. G. *America's National Game: Historic Facts Concerning the Beginning, Evolution, Development and Popularity of Base Ball*. San Francisco: Halo, 1991, p. 1.

比赛是在1839年被纽约库珀斯敦的阿伯讷·达博德（Abner Doubleday）设计并命名的。"①二人观点谁是谁非，自然不在本文的考察范围，但是我们至少可以由此看出作为美国民族精神象征的棒球的历史的虚构性质。本尼迪克特·安德森（Benedict Anderson）曾把"民族"定义为"一个想象的政治共同体"，而文化是民族成员想象的依据。他们共享某种文化，生活于这种文化形成的疆域之内，并且为之自豪。文化凝聚一个民族，在民族成员之中制造强烈的荣誉感和认同感。如此而形成的民族身份因此并不是自然的给定，而是为着一定的目标、藉由一定的文化活动所想象出来的共同体。不难理解，以棒球为象征的自由平等的美国身份也是一个"想象"的共同体。

通过逃学、逃票而混进球场的考特·马丁，一个社会底层的非裔男孩，德里罗揭示了棒球运动所代表的共同体如何成为美国种族政治的同谋，而不是其所标榜的民主和自由的象征。马丁原来以为，通过参与棒球运动，通过表达自己对家乡球队巨人队的"赤胆忠诚"，他便能操演自己作为一个"美国男孩"（15）的身份。殊不知，此一"美国身份"不过是拉康所谓"镜像阶段"的婴儿在镜子中看到的形象，乃其一己之想象。在拉康看来，尽管婴儿尚不能控制自己身体的行为，却能够根据在镜子中所看到的自我形象而想象自己具有连贯统一的身份。马丁在棒球运动中的镜像中所体验到的美国身份也不过是他的天真想象而已。他或许并不清楚，直到1947年，黑人才被正式允许代表美国参加棒球赛事。可是，当他在球场上看到一个兜售零食的黑人小贩时，马丁意识到了自己的黑人身份：

> 考特感到一种无名的危险。那家伙使得别人注意他了，他令他为自己偷偷摸摸的位置感到了羞愧。不奇怪吗，他们共同的肤色跃入了他们之间的空间。黑色的光芒从小贩的手上发出，他是受欢迎的黑人，讨众人喜悦之人。在他出现之前，没有人注意到考

---

① Levin, Peter. *A. G. Spalding and the Rise of Baseball: The Promise of American Sport*. New York: Oxford University Press, 1985, p. 113.

特,他是足智多谋的孩子,不想被人发现。(20)

黑人小贩的在场令考特感到十分尴尬,因为他手上所散发的"黑色的光芒"仿佛在嘲笑考特把自己融入一个单纯、连贯的美国身份位置的努力。黑肤色照亮了那位置中的裂缝。尽管小贩满足于自己作为"受欢迎的黑人,讨众人喜悦之人"的身份,考特却是个想把自己的肤色掩藏起来的黑人孩子,他期盼以"闪烁着希望"的"美国"的声音言说。

由此可见,这个藉由棒球塑造的共同体身份不过是"意识形态国家机器"的制造。阿尔都塞(Louis Pierre Althusser)告诉我们,"意识形态不表明真实的生存关系,而是为社会成员制造'体验的'和'想象的'的关系"[①]。最能体现棒球运动所体现的平等身份其实不过是甜蜜的意识形态策略的例子是考特与比尔之间的关系。比尔是个在建筑公司工作的中年白人男子,与考特一样,他是旷了工来观看比赛的。起初,由于他们都是巨人队的铁杆球迷,两人关系非常好。考特与比尔分享自己所买的花生后,比尔说,"有一条男人做事的规矩,既然你与我分享了你的花生,我就有责任给咱俩买点汽水"(20)。在此,他们之间的种族差异仿佛不再存在,两个人因着棒球而享有了平等的身份。不过,这个和谐的棒球共同体成员的身份在他们为汤姆森的本垒打棒球争执之时立刻就显出其虚弱和虚构性。汤姆森在完成那记本垒打后,把球扔到了看台上,趁着大家都在疯狂欢呼,考特从座位下面把球捡了去。为了说服考特把棒球让给自己,比尔先是使用了共同身份的修辞,强调他们共同拥有的身份:"嘿,咱们赢得了生命之战。有理由庆祝一下"(55),考特对此并不理睬。发现这个修辞并不奏效,比尔进而求助于区分内外,或"好"伙伴与"坏"伙伴的身份政治修辞:"看见你蜷缩在座位上,我还以为自己找到了一个伙伴。这是个棒球迷,而不是街上的小流氓。你看来一定要让我失望。考特?朋友们坐在一起解决问题"(56)。比尔这番话的言下之意是说考特不同于其他的黑人孩子,他们都是小流

---

[①] 阿尔都塞:"马克思主义和人道主义",见《保卫马克思》,顾良译。北京:商务印书馆,1984年,第203页。

氓。考特仍不让步，比尔就一直追着他，直到来到了哈莱姆社区。此时，考特脸上放松了的表情和"位置感"使得比尔意识到自己身处何地。

黑人是黑人，白人是白人，其二元对立的关系只是暂时地被棒球运动所隐匿、弱化而已。棒球之于美国文化，仿佛本雅明所谓之"灵韵"（aura），掩盖了美国的政治和种族冲突。通过比尔和考特之间的冲突这个"客观对应物"，德里罗解构了这个"灵韵"，拆解了围绕着这个美国运动的意识形态包装，使我们看到其所蕴含的政治美学化的图谋。可以说，德里罗借用了历史记录，但也涂抹了历史，那宏大叙事的历史，浸淫着种族政治和意识形态话语的历史。德里罗并没有明说，但通过把与苏联原子弹试验同时进行的棒球赛前景化，冷战的阴影似乎已被遗忘；尤为重要的是，通过对美国的棒球共同体身份的解构，构成美苏之间我们—他们的二元对立关系也被釜底抽薪，因为倘若一个统一的美国身份尚且虚幻，即是说，当自我都不再存在，作为他者的苏联就没有意义，因为他者必是自我的他者，所谓"皮之不存，毛将焉附？"然而，《地下世界》的目的绝非仅是要揭露这一冷战逻辑的虚幻。

## 二

考特并没有拥有这个"无价"之球很长时间。就在他把球带回家的第二天，这个棒球就被考特的父亲曼克斯以 32.45 美元卖掉，最终以 34,500 美元成为尼克·谢伊的收藏品。与考特相反，尼克是道奇队的球迷，球赛进行时，16 岁的他在自家屋顶上通过收音机收听了比赛的过程。即使到了四十年后的今天，尼克仍然感到"在道奇队失败后，自己的内心已经死了"(93)，然而，那个汤姆森棒球却是"他一生中绝对要拥有的"，因为对尼克来说，那不关乎后来居上的胜利，而是有关"布兰卡那记投球。全是关于失败的……关于厄运之神秘，失败之神秘"(97)。倘若这个棒球是象征着美国民主、自由和平等，以及一切美好事物的所指的话，那么我们看到，如同我们在考特身上所看到的其所标榜的美国身份的虚妄，这个作为所指的棒球辗转于不同人手之过程，正是索绪尔(Ferdinand de Saussure)意义上能指链愈发远离所指,成为漂浮能指的过程。而到了尼克这里,它就已经具有了完全不同的意指。多年以后,就连尼克自己看到那摆在书架上、常常被自己忽略的棒球都感慨道:"我常常忘记自己为什么买了它"(809)。

到达尼克手上之前,这个"辉煌"的棒球走过了"漫长曲折的旅程"(318)。小说人物马尔文·朗迪在书写这个棒球的传记时发现:"奇怪! 怎么他在记录这个球近期向前运动的过程时,同时又随它退回到遥远的过去呢"(318)。即是说,小说有两个线索,一个是棒球自离开保罗球馆后在不同人之间转手前进的过程,是一个前进的暗线,时断时续,在考特的父亲曼克斯把球卖掉之后,从小说第六部分开始,这个线索就与另一条线索交织,混入全书主要的线索;这个主要的线索是最终拥有棒球的小说主人公尼克的生活的回溯,从90年代他功成名就的中年,到50年代父亲离家出走、与老师之妻、现已成为以垃圾为原料的著名艺术家之间的荒唐情事,失手杀死朋友、被送往教化院等痛苦的初始记忆,是一个不断返回的过程。如果说有关棒球的叙述动力旨在"结束故事",这个结束故事的过程实际上有两个方向,一个前进,一个后退,因为结果在起源处。用尼克的旧情人、艺术家克拉拉的话,"起源是目标",是"理解故事如何结束"的唯一方式(314)。离开球场以后,这个棒球就变得既无用又极具价值。随着它不再位于一个封闭的球场中,而是成为人们之间可资交换之物,它就变成了一个非同一物,成为它要纪念的事件的喻表。但它所象征的胜利时刻转瞬即逝,离开球场,它旋即成为考特与比尔相争的物品对象。因此,藉小说人物之口,德里罗也使我们意识到它也是"另一种垃圾;是不久以前的令人忧伤的垃圾……一件无用之物"(99)。这两种特性——无用/无价——使得汤姆森这记本垒打棒球成为了《地下世界》的"起源",及"理解故事如何结束"的方式。

最终拥有棒球的小说主人公尼克是个垃圾分析师。当代消费社会所造成的大量"垃圾"(garbage)一直是德里罗思考和关注的问题,贯穿在他各个时期的创作之中。早在其第一部小说《美国志》中,他就藉布佛德·隆之口说垃圾能够成为理解人的方式："垃圾比一个活人向你展示的更多。"①在其后的许多作品中，如《球门区》(*End Zone*，1972)、《名字》(*The Names*，1982)、《白噪音》(*White Noise*，1985)等，德里罗都以不同的方式表示垃圾在现代社会的本体性存在，是个人的"影子身份"(shadow identity)(45)。在《白噪音》中，当杰克翻找家里的垃圾，他感慨："垃圾这么私密吗？难道在其核心散发着个人的体温，人最深层的天性？散发着人私密的渴望，羞愧缺陷的线索吗？"②在此，垃圾成为个体性的象征，保存了我们与自我最亲密、最私密的关系——是自我在消费大潮的洗劫下的残留，是在不论是马克思意义上的生产，还是博德里亚意义上的消费意义之外的剩余，它溢出了生产和消费的轮回，成为普遍与特殊的交叉，是最为个人化的东西。垃圾拒绝转换或翻译，成为生产过程中一样有意义的角色，是阿多诺意义上非同一的物质对应物，其实质为"非概念性、个体性，以及特殊性"③。

我们知道，冷战的年代同时也是美国经济迅速发展的年代，在这一时期，美国进入了消费社会。不同于博德里亚等消费社会理论家所关注的"物符"、"拟像"及其他由经济发展而造成的环境和生态危机问题，德里罗所关注的是这些繁荣——不管是经济还是话语——背后的问题，一个不那么明显的"地下"问题——垃圾。因此，如果说垃圾问题总是暗含在德里罗此前的作品中，在《地下世界》，对垃圾问题的考量则成了小说最为重要的目的之一，垃圾是小说的"秘密"之一，是小说的题目所指涉的"隐藏又显露的地下/世界"。君不见，棒球赛结束之后，欢乐的人群在看台上把各种垃圾扔向球场来抒发心中的喜悦：

> 洗衣票，从办公室偷拿的信封，压扁的香烟盒，粘糊糊的冰淇淋三明治的包装纸，备忘录和随身日记本上撕下的纸页，他们在投掷掉色的美钞，撕成碎片的快照，皱巴巴的纸杯蛋糕包装，他们

---

① DeLillo, Don. *Americana*. New York：Penguin, 1971, p.190.
② DeLillo, Don. *White Noise*. New York：Viking, 1985, p.259.
③ 阿多诺：《否定的辩证法》，张峰译，重庆：重庆出版社，1993年，第3页。

正把保存在钱夹里面、随身携带多年的情书撕碎了,那些情事的残余、大学时代的友谊,现在这是幸福的垃圾,球迷们想与这个事件建立联系的个人愿望,永不终止,以口袋里垃圾的形式,个人的废弃物,携带着其影子身份之物——成卷的手纸热情奔放地飘下去。(44—45)

这些来自球迷口袋的垃圾,都是些私人用品,比如情书、快照,还有备忘录,这些象征着球迷个人身份的垃圾又把他们联系在了一起,把他们与一个集体的身份联系在了一起;不仅把他们彼此相连,也把他们与这个历史性的事件联系在了一起。而且,他们还把《生命》杂志扯散了扔下去,"纸页不断飘落。婴儿食品、速溶咖啡、百科全书,还有汽车、华夫饼、洗发液、混合威士忌……它们都同属一个事物"(39)。正是这些消费品把球迷们联系在一起,联系到一个美国的消费体系之中,一个"物符"(object-signe)的体系之内。它们代表了"迅速发展的经济中令人尊重的象征,比战场和死去总统的名字更容易辨认"(39)。在这历史性的时刻,商品成为人们纪念的方式,商品就此殖民了历史。同时,更为重要的是,这些商品是垃圾,是被抛向地面的废弃物。这些垃圾,包括堆在路边及再处理中心的垃圾,不断地出现在小说中。尽管它们只是垃圾,德里罗让我们看到,这些消费品成为人群的纽带,不管他是名人、球员,还是普通的球迷,他们同属一个经济体系,拥有同样的意识。如今,棒球已不复承担连接的象征,消费意识形态,毋宁说就是垃圾已经取其位而代之。

我们看到,与《白噪音》中杰克试图在垃圾里探寻妻子秘密的线索不同的是,在《地下世界》,垃圾不再被人们隐藏,而是被充满喜悦地展示出来;美国已不复是可以用棒球来建构统一身份的熔炉,不,她已然成为了一个荣耀的大垃圾场。个体的表达已经成为彼此私密垃圾的展示。仿佛是为了回应 T·S·艾略特近一百年前在《荒原》(*The Waste Land*, 1922)中的诘问,"这岩石般的垃圾之上/能长出何样的枝条?"德里罗说,"城市建立在垃圾之上……文明被建设,历史被推动……先有垃圾,引导人们做出反应,出于自卫而建立文明……我们让它塑造我们。我们让它控制我们的思维。垃圾先出现,然后我们建造处理它的系统"(287—288)。此一论断完全颠覆了现代性的生态观,即认为是人类的发展造成了垃圾,然后人们又面临处理垃圾的任务。在此,垃圾先于文明,推动历史前进,从客体变成了主体,成为本体性的存在。

## 三

按照1971年开始的美国亚利桑那大学的"垃圾计划"的创立者威廉·拉什杰的看法,垃圾就如一面文明之镜,不仅映照着人类的存在,反映了社会的变迁盛衰,也呈现着人类的生活面貌。因此,"垃圾学家"(garbologist)所从事的"垃圾学"(garbology)研究就绝不只是"废墟"研究,相反,垃圾作为人类存在的明确标示,乃我们了解历史并体认自身的重要介质,它不仅映照过去,亦是当代社会的镜子。可以说,我们所制造的垃圾往往比我们的自我更加了解我们的需求和欲望。在《地下世界》中,德里罗赋予了垃圾人类学的重要作用,从小说所记录的美国20世纪50年代到90年代的历史中,德里罗向我们显明,军备竞赛的技术现在已经转化为垃圾处理的技术竞赛。冷战结束以后,技术创新的核心已经不再致力于武器的竞争,相反,竞争的核心现在转向了垃圾处理的技术。这或许是作者的危言耸听,但当代消费社会所制造的垃圾的确已经成为我们不容忽视的现象。当然,《地下世界》并未仅仅关注于垃圾处理的技术,相反,其重点在于向读者展示我们如何通过一个文化处理垃圾的方式来对它进行观察和解读。正如小说中维克多所言:"垃圾是秘密的历史,是地下的历史,考古学家正是通过发掘早期文化的残余来发掘历史"(63)。小说主人公尼克的职业就是垃圾分析师,在他的眼里,"垃圾有着庄严的意味,是一种不可触摸之物",而且,一切物质的终极目的就是成为垃圾,当尼克和他的妻子玛瑞安面对摆在货架上的尚未出售的商品时,他们想到的是:"它们将变成什么样的垃圾?安全、清洁、整齐、容易处理吗?……它们如何作为垃圾被衡量?"(121)垃圾不复是生产过程的衍生物、当废弃之物,相反,它已经进入了生产和消费的循环。垃圾必须被重新赋予价值,成为商品生产和消费链条的有机一环。这是资本主义内在逻辑的要求,而德里罗显然要让垃圾成为垃圾自身,从而实现对资本主义消费逻辑的反思和批判。

《地下世界》中德里罗刻画了克拉拉·赛克斯(Klara Sax)和萨贝托·洛蒂厄(Sabato Rodia)两个艺术家,通过描写他们以垃圾为介质进行创作的艺术家的工作来反思后现代时期艺术的使命所在。与现代主义者"为艺术而艺术"之超然的艺术观不同,后现代的"垃圾"艺术在与生活的距离消弭之处承担着现代主义的"圣杯"作用,只是这圣杯的材料绝不是远离生活的神圣之物,相反,它就是生活,是生活活动的终端构成——垃圾。在《白噪音》中,杰克抱怨说:"我们现有的唯一先锋艺术就是麦片盒上的广告。"①其意在说明艺术在商品社会面对商品时的全面溃败。这样一种悲观的艺术观念到《地下世界》就完全不同了。以垃圾为创作材料的艺术家就好像本雅明笔下的"拾荒者"(collector),他们并不关注垃圾的使用价值,相反,他们热爱这些垃圾,把他们视作命运的场景和阶段,通过这样一种"垃圾"美学,他们揭示出资本主义生产过程的消费异化,就像劳动异化了人一样,过度消费也异化了消费者。

## 四

克拉拉是《地下世界》着笔最多的一个女性艺术家。与传统在画室里以纸笔或颜料进行艺术创作的艺术家并不一样,她的画室是远离城市的沙漠,其创作对象和媒介是曾经参加越战的 B-52 战斗机。这种战斗机是典型的冷战时期美苏之间军备竞赛的象征,它们曾经拥有特别的氛围,曾经在人们心中激发出半宗教感觉的"神秘、危险及美丽"。如果说这些战斗机的神秘和美丽主要来自它象征着遥远的苏联的存在,以及其在天空的不可接近,通过把它转化成艺术品,把"这些飞机从

---

① DeLillo, Don. *White Noise*. New York: Viking, 1985, p.176.

天空拿下来"(76),克拉拉不仅赋予了蛮荒的沙漠以不同的景致,亦摧毁了这些战斗机曾经象征的暴力美学。克拉拉在飞机的前部绘制了"又长又高的萨丽"的形象,从而赋予了这些被弃置的战斗机新的意义,比如生命,以及与生命紧密相连的色情。这个在战争时期象征的死亡的战斗机如今在克拉拉的艺术计划中演变成了生命力的寓言指代。换言之,克拉拉的艺术旨在以生命的力量、性以及艺术感受力来对抗死亡的力量,摧毁冷战的逻辑:

> 绘在飞机前端的性感女星是对抗死亡的符咒……那就是又长又高的萨丽……也许她是飞行员酒吧的女招待,或者是什么人家乡来的女孩,或者是什么人的初恋情人。但这是一个独立的生命。而我希望这个生命成为我们计划的一部分。这个幸运的、抵挡死亡的符号。(78)

通过把这种飞机变成艺术的媒介从而使其自身成为艺术品,克拉拉以艺术的方式消解了飞机原始的使用价值,新的展览价值替代了原有的使用价值。不仅如此,这种艺术的方式还具有了独立的生命,并成为抵抗死亡的救赎所在。克拉拉的艺术最为有力的地方在于通过对被商品世界所抛弃的垃圾的应用而创造出新的艺术样态。位于这种崭新的艺术样态背后的是这样一种艺术的理念,即艺术不再如现代主义者所倡导的,与生活保持距离,而是进入生活的内部世界,以此来实现对生活的批判。在克拉拉的飞机艺术中,我们感到了艺术家的这种力量,因为正是以这样一种形式,冷战这个曾与美国人民休戚相关的现实被嘲讽、被颠覆。另一方面,如果说垃圾是物的功能死亡的存在形式,在克拉拉的艺术创作中,我们看到了"更新"的希望:使垃圾成为艺术品,它们得以被保存。对后人来说,它们将会是弥补文字历史不足的重要考古资料。既然我们不能在商品的大潮中辨识出自己的故事,我们所制造的垃圾或许会向后人诉说一些我们迄今未能察觉的事实。通过艺术家的这项工作,德里罗提供了一个摆脱资本灰烬的凤凰涅槃般再生的可能性,生产出一种新的联系的可能性,这种可能性将会取代那些宏大的、非人化的系统。

无所不在的垃圾构成了冷战之后经济迅猛发展的"地下"世界。作为秘密的历史,垃圾并不能被最终控制。为了阻止垃圾对人类的吞噬,人们开发出"典礼仪式的系统"来处理垃圾,而且还建立起"社会结构进行实施"(12)。社会上形而上学的"垃圾"形式,比如同性恋者、黑人民权运动、底层阶级的人们、地下世界的艺术家、核暴露的牺牲者、谋杀,以及死亡等等,所有这些都是"社会中令人不便的秘密"(13)。尽管聚焦于生产和消费(主要是消费)的社会拒绝垃圾并试图把它们掩埋起来,《地下世界》则向我们显明,只要制造垃圾的系统或关系仍然存在,社会就永远不可能把垃圾彻底消除。而艺术,通过将垃圾美学化而将豁然呈现,或许是解决这些垃圾问题的一种选择。就像波德莱尔笔下的巴黎处处绽放着恶之花,德里罗的纽约也充满了贫穷、疾病和死亡的瘟疫。在一次访谈中,德里罗这样告诉亚当·博格雷:

> 当我在写作《琼斯大街》(*Great Jones Street*, 1973)时,纽约以前从没有乞丐和弃儿出现的地方也有了乞丐和弃儿。新出现了一种失败的灵魂和被遗忘的生命的感觉。这个地方开始有了一点中世纪的社区的感觉。街道上到处是疾病,发疯的人们在自言自语,年轻人中间流传着毒品文化。我们讨论的是1970年代的纽约,我记得我曾把纽约想成是14世纪欧洲的城市。这也许就是为什么我在本书的末尾试图在语言中寻找一种废墟般的庄严感。①

应该说,在这种对垃圾和颓废的描写中,德里罗以"一种废墟般的庄严感"描写了战后美国50—90年代四十年的历史,这是他此前的任何作品都没有达到的高度。不难看出,在对消费社会的思考上,德里罗以小说家的敏锐和直观比博德里亚等理论家更加尖刻——博德里亚受巴特的符号学启发,提出我们不是在消费物,而是在消费符号;德里罗显然走得更远:我们也不是在消费符号,而就是在消费垃圾!德里罗以

---

① Begley, Adam. "Don DeLillo: The Art of Fiction" in *Paris Review*, 1993, pp. 274-306, p. 128.

其对美国消费社会的深描让我们看到,商品也好,符号也罢,它们的真实是它们所生成之物,最终都将成为垃圾,而那才是消费社会的真实存在。垃圾"就是平常生活的另外一个名字"(15)——这显然已经比当代消费社会理论家们走得更远了。藉此,德里罗也暗示我们,在这样一个由消费"物符"的垃圾组成的社会,人类与自然,人类与其更好的本性之间的对立愈发严峻,这种对立最终导致我们与自然之间,以及我们与我们更好的本性之间的疏离。要弥合此种异化的疏离,德里罗将希望寄托在艺术之上。

## 五

萨贝托·洛蒂厄是《地下世界》致力于考察的另外一个艺术家形象。与克拉拉不同的是,萨贝托并非德里罗虚构出来的艺术家,历史上确有其人。由萨贝托创作的华兹塔楼(Wattz Towers)就位于洛杉矶的华兹区,由17个相互联系的塔形结构组成,最高的两个高达90英尺(30米)。意大利裔(德里罗自己也是意大利移民的后代)建筑工人洛蒂厄于1921—1954年利用消费社会的废弃物(七喜汽水瓶、牛奶盒、碎玻璃、鹅卵石、镜子的碎片、啤酒瓶等等)建造了华兹塔楼,以自己的行为艺术试图对消费社会的溢出物——垃圾——进行审美改造。

华兹塔楼在《地下世界》中共出现了两次:第一次在尼克面前,第二次是克拉拉前去参观华兹塔楼。我们看到,尼克与华兹塔楼的相遇是个偶然,他碰巧看到了它们。在尼克看来,它们是"一个巨大、奇异的建筑群",仿佛具有"出自天真的、无政府主义的视野的风格"(276)。在尼克与华兹塔楼相遇的章节,我们看到的不是艺术家和塔群,而是尼克心不在焉的在场。尼克仿佛并未看到塔楼和其背后的艺术家,他看到的是他年少时离家出走的父亲。站在塔楼面前,尼克觉得自己"幽灵般的父亲"就生活在这些塔楼之内。

华兹塔楼第二次出现是在200多页之后,它们出现在克拉拉的视野之内。与尼克不一样的是,克拉拉特地来参观华兹塔楼。此处我们可以看到垃圾艺术对于一个垃圾分析师(尼克的职业是垃圾分析师)

和艺术家的不同意义。在垃圾分析师的眼里,他并未看到垃圾和塔楼本身,相反他看到的塔楼的指涉含义。在尼克眼里,它们是"需要被填满的空白叙事"(276)。在他眼里,垃圾并非垃圾自身,它不能是垃圾自身,就像他的工作一样,它们必须被转换成具有实用价值的东西而重新进入资本生产和流通的环节。尼克并未看到塔楼自身以及被塔楼所"前景化"的垃圾,相反,他想到了制作者的边缘地位,认为他是一个"寻找边界的人"(edge-seeker)。

但当克拉拉站在塔楼之前,她的态度完全不一样,她显然为塔楼所打动:

> 她边走边抚摸,用手掌抚摸着它们明亮的表面。她热爱那些嵌在水泥里的黄麻门垫的花纹。她热爱那些压碎了的绿玻璃以及瓶底拱面制成的拱门。其中一个稍高的塔上装饰着旋转原子的饰纹。南边的墙上则装点着卵石和蚌壳。(242)

对于克拉拉而言,这个地方"充满了隐藏的灵感",只有艺术家才能把它们开启、澄明。尼克看到的是塔楼的象征意象——他一定要垃圾和垃圾塔转换成其他之物,克拉拉则看到了垃圾自身,她一一将它们辨认,不管是塔上的纹饰还是墙上的卵石、蚌壳,她能够感受到这个作品,并热爱它,被它深深打动:"她感到一种平静的精神的深度,她感到愉悦,一种近乎无助的愉悦。就好像一个无助的小女孩趴在最好的朋友肩上……她抚摸着它们,用力抚摸着……"(243)如果尼克从垃圾塔楼想到了位于边缘、寻找边际的创造者,克拉拉则从中解码出一种"辉煌的独立精神"(splendid independence),克拉拉感到这种独立精神可能是萨贝托"被赋予的"(gifted with),也可能是他"努力获得的"(fought for)。从"被赋予"我们可以看到克拉拉对萨贝托的认可和羡慕,从"努力获得"我们则看到克拉拉对消费时代艺术家的地位的同情和理解。通过把垃圾变为艺术,垃圾的无用性也被转换成使得作品具有"震惊"(shock)效果的元素所在。按照本雅明(Walter Benjamin)的看法,"韵味"(aura)的丧失是我们为现代艺术的"震惊"体验所付出的代价。有意思的是,面对萨贝托的垃圾塔,尼克感受的是"震惊",而克拉拉感受到的则是它的"韵味"。

那么,在这"震惊"和"韵味"背后的到底是什么?为什么德里罗在小说中两次提及华兹塔楼,分别从男、女主人公的角度进行描写呢?这个由垃圾制成的艺术品到底意味着什么?其实,德里罗旨在让我们直面无所不在的垃圾并对消费社会进行反思。德里罗以自己的写作,以及克拉拉和萨贝托的垃圾艺术让我们看到,尽管后现代艺术试图消弭艺术与日常生活的距离,但在审美日常生活化的庸琐之中,艺术并非无所作为,亦非不愿作为。相反,通过把垃圾变为艺术,"垃圾"美学揭示了晚期资本主义阶段过度消费的异化作用,构建出对抗全球消费的反叙事。

在建造华兹塔楼的过程中,萨贝托没有使用一个钻头、一颗螺钉、一只电焊机,甚至一枚钉子都没有用。萨贝托变废为宝,把历史的废弃物改造成了艺术品,"证实了艺术如何可以成为救赎的经济和道德的主体"(493)。利用日常生活的残余物,萨贝托创造了"雕塑的花园",华兹塔楼是典型的混合物,萨贝托就靠随手取用手边之物,建作了一曲"水泥爵士乐"。塔楼可以说就是萨贝托的身份象征。作为一个不识字的意大利人,萨贝托自己就像他用来建造塔楼的那些材料一样,是当代美国消费社会的弃儿,但凭着创造性地运用这些废物,萨贝托不仅为自己建造了居所,还使得它成为消费社会一个奇特的景观。在这个景观之中存在着一种物化的世界观,但作为塔楼整体,它又奇妙地象征着萨贝托超越消费社会及其废弃物的成就,成为对抗美国消费文化的反历史叙事。消费社会的商品通过去价值化、解意义化(因为它们变成了废弃物),成就了新的价值和意义,变成了更具颠覆性的潜在因素。林见光(音)认为,华兹塔楼同时也是《白噪音》中的超市的辩证对立物。①

---

① Lin, Jiann-guang. *Mapping Postmodern America: A Study of Don DeLillo's Later Novels*. Ph.D dissertation, State University of New York at Stony Brook, 2001, p. 183.

这种说法是有道理的：塔楼和超市显然是消费社会的两极，超市里所充满的是各色商品，塔楼则就是由这些商品的最终形式，即废弃物而构建而成。以这样一种行为艺术的方式，萨贝托把消费社会中的异化劳动转化成为了文化的形式，因此，萨贝托是一个"文化制造者，而不是浪漫主义的天才"①。垃圾总是在我们不注意之间，从我们的眼前无声无影地消失。作为社会结构中的"零"，它是消费社会商品大潮中形形色色的各类商品的最终归宿。但在萨贝托的塔楼中，我们看到了这些垃圾的另外一种形式，其构成了对马克思意义上的商品所掩盖的剥削关系的反驳，通过把这些商品的废弃形式以艺术的手法加以展示，艺术家控制了商品。由此我们认为，华兹塔楼象征着艺术如何能成为"救赎的主体"，其能够在历史的废墟之中建造出希望与美。

## 六

无论是克拉拉的废弃飞机，还是萨贝托的塔楼，我们都从中看到了艺术所赋予这些现代社会的废弃物的人类学和考古学作用。艺术家此种处理垃圾的方式已经成为我们观察、剖析当代文化与文明的一个视角。正是艺术家的工作使得它们得以进入历史，成为解读它们所位于其中的历史阶段的重要介质。因此，《地下世界》不仅涉及垃圾处理的技术，亦关乎如何通过一个文化中的废弃残余来观察和解释这个文化。这个解释和观察是通过我们对艺术家处理垃圾的方式而实现的，而要分析这些艺术家的工作，我们不能绕开的一个问题就是艺术的功用问题，这当然是德里罗作为小说家所一直关注的问题。特别是在艺术的独立性和社会性上，德里罗的观点到底如何呢？

通过德里罗对两个艺术家的描写，我们看到，艺术与大众在消费时代的联合绝不是艺术的衰败，而是艺术谋求"对抗"消费逻辑、符号逻辑的新策略。在德里罗看来，现实不是全部，艺术的乌托邦仍然有其必

---

① 本雅明："拱廊计划：N"，郭军译，《生产》第一辑，桂林：广西师范大学出版社，2004年，第312页。

要性,它指向当下,也指向未来,带来希望的前景。在否定统一、否定根基、否定确定性的后现代潮流面前,在一个物符漂浮的社会,德里罗依然相信艺术的力量,想象的乌托邦要求已经充满了历史的现实性。只是,艺术不能再孤芳自赏,而是应该谋求与大众的连接(articulation),艺术应该把自己发布(articulate),从而与大众连接(articulated)。这是艺术的出路,也是大众面对符号社会的拯救之途。在《地下世界》中所展示的后工业化消费时代,艺术与大众的连接是通过与现代化过程的溢出物——垃圾的联姻实现的。显然,垃圾是现代化过程的逃逸物,是与理性、工具和效率背道而驰之物,它的尽头是不可知的死亡。在这一点上,垃圾与艺术在现代性计划的框架中是处于同样位置的,它们都是现代化的反过程。正是因着这样的认识,小说中的艺术家就仿佛本雅明笔下的"拾荒者",试图在垃圾中寻求真理和拯救。面对巴黎的垃圾,本雅明曾言,"那些破布、废品——这些我将不会将之盘存,而是允许它们,以唯一可能的方式,合理地取得属于自己的地位,途径是对之加以利用。"①克拉拉和萨贝托正是通过对垃圾加以利用,使它们取得了属于自己的地位,以艺术的形式与垃圾联袂为我们敲响了对抗当代消费社会的符号崇拜的警钟。

  《地下世界》也是德里罗为我们呈现的一个与克拉拉和萨贝托的艺术作品一样的抵抗和救赎之作。走进这个"地下世界",我们就淹没在武器和垃圾的文化之中,穿越这个"地下世界",我们已经发生了改变。为了实现这个目标,德里罗借用了他所描写的艺术家们的创作手法,既有蒙太奇式的碎片的并置,也根据萨贝托的拼贴法从过去的残迹中构造小说的结构。《地下世界》因此是一系列的碎片的构成,这些主要由倒叙方式组织的碎片不断引导读者把各个碎片连成一个综合性的联合体,这样读者就要努力在这些碎片中把一切都联系起来。"一切都相互联系"不仅是小说所指出的社会哲学,也是一个"生态的理想,其

---

① 本雅明:"拱廊计划:N",郭军译,《生产》第一辑,桂林:广西师范大学出版社,2004年,第312页。

中被重复利用的垃圾呈现出一种优雅、恩典的形式"。同时也是德里罗的创作方法以及读者解读小说的秘诀所在,即以艺术的方式来处理垃圾的垃圾生态美学,这样的美学样态将成为后人进入20世纪后半期美国历史的重要通道。

不难看出,在对后现代消费社会的思考上,德里罗以小说家的敏锐和直观比博德里亚等理论家更加尖刻和深入。如果说博德里亚受巴特的符号学启发,提出我们不是在消费物,而是在消费符号,那么德里罗显然走得更远:我们也不是在消费符号,而就是在消费垃圾。德里罗对当代消费社会的思考,可以回到遥远的黑格尔那里。黑格尔曾以一粒种子的例子来解释他的真实观念,他指出,某物仅"在它自身"还不是真实,在它自身意味着"尚未",因为潜在是真实的因子、真实的能力或潜在性。按照约翰·费利普斯(John Phillips)的解读,"种子的真实将是树。它的真实是它所生成之物;它的真实是它的生成。以某种方式,种子要生成之物(树)的抽象结构内在于种子之中。"①不同于马克思的价值二元论和索绪尔的符号二元论——其内在逻辑是相同的,德里罗以其对美国消费社会的深描让我们看到,商品也好,符号也罢,它们的真实是它们所生成之物,最终都将成为垃圾,而那才是消费社会的真实存在。德里罗让我们看到,商品的真实就是垃圾。消费社会的人们以所消费的商品来表征自我的身份,倘若商品就是垃圾,个体的身份也因此成为垃圾,岂不可畏哉?垃圾"就是日常生活的另外一个名字"(795)——这显然已经比当代消费社会理论家们走得更远了。

《地下世界》的"尾声"标题为"资本"(Das Kapital),该章表达了德里罗对冷战结束后美国社会的理解。如果说冷战的开始象征着死亡的话,冷战的结束则标志着一个资本时代的到来,资本成为了最大的意识形态,其烈焰已经"烧毁了文化中的微妙之处"(785)。伴随着汤姆森

---

① 约翰·费利普斯:"让·博德里亚论人的目的",载毕晓普等著《博德里亚:追思与展望》,戴阿宝译,开封:河南大学出版社,2008年,第91页。

那记本垒打棒球转手过程的是其作为"资本"价值的增长。在一个资本掌权的社会,它完全变成了个人的私藏,是去功能化的物,按照博德里亚的研究,收藏者所追求的不是自己的真实形象,而是自己欲望的对象。对于尼克来说,就是棒球所象征的身份、自由和平等,而成为收藏就意味着这些指涉功能的消失,这消失导致它成为垃圾——那消费社会中无处不在的垃圾,那超越了"物符"或商品的垃圾。以"资本"收尾,德里罗仿佛是在暗示我们,身份和垃圾背后的共同逻辑就是资本,或者说,是资本把这一切联系在了一起。"一切都相互联系"(289,408,776,825,826)在小说中反复出现,表达了德里罗从棒球到原子弹,又从原子弹到垃圾的叙事逻辑,揭示了以身份认同为基础的美苏之间二元对立冷战思维的虚妄,以及在生产之镜、符号之镜之后的垃圾之镜的后现代美国社会现实。究竟该如何理解这个"魔力与恐怖"并存的美国社会?怎样面对和解决冷战结束后的身份及垃圾问题?在对一个显然的消费社会的理解上,德里罗和当代消费社会理论家究竟谁"是"谁"非"?——问题尚在形成中,我们不必仓皇作答。

# 参考文献

Allen, William Rodney. *Understanding Kurt Vonnegut*, South Carolina: University of South Carolina, 1991.

Alsen, Eberhard. *Romantic Postmodernism in American Fiction*. Amsterdam: Atlanta GA, 1996.

Barraclough, Geoffrey. *An Introduction to Contemporary History*. Baltimore: Penguin, 1964.

Barth, John. "The Literature of Replenishment: Postmodernist Fiction". *Atlantic Monthly* 245 (1980): 65-71.

Bertens, Hans and Douwe Fokkema, eds, *International Postmodernism: Theory and Literary Practice*, John Benjamins Publishing Company, 1996.

Colebrook, Claire. *Irony*. London and New York: Routledge, 2004.

Elliott, Emory, ed., *The Columbia History of the American Novel*. New York: Columbia University Press, 1991.

Federman, Raymond. *Surfiction: Fiction Now and Tomorrow*. Chicago: Swallow Press, 1975.

Fisher, David Hackett. *Historians' Fallacies: Toward a Logic of Historical Thought*. New York: Harper and Row, 1970.

Gass, William H. *Fiction and the Figures of Life*. New York: Godine, David R. Publishers, Inc. 1978.

Graff, Gerald. *Literature Against Itself: Literary Ideas in Modern Society*. Chicago: University of Chicago University Press, 1979.

Harter, Carol C. and Thompson, James R. *E. L. Doctorow*, Boston: Twayne Publishers, 1990.

Hassan, Ihab. *The Postmodern Turn*. Ohio State University Press, 1987.

Higgins, Dick. *A Dialectic of Centuries*. New York: Printed Editions, 1978.

Hoffman, Daniel, ed., *Harvard Guide to Contemporary American Writing*. Cambridge: MA and London: The Belk Press, 1979.

Hutcheon, Linda. *A Poetics of Postmodernism*, Cambridge: Routledge, 1988.

——. *Splitting Images: Contemporary Canadian Ironies*. Don Mills: Oxford University Press, 1991.

——. *Narcissistic Narrative: The Metafictional Paradox*. New York and London: Routledge, 1991.

——. *Irony's Edge: The Theory and Politics of Irony*. New York and London: Routledge, 1995.

Jameson, Fredric. *Postmodernism, or the Cultural Logic of Late Capitalism*. Durham, NC: Duke UP, 1991.

Kermode, Frank. *Continuities*. London: Routledge, 1968.

Kim, Wook-Dong, ed., *Postmodernism: An International Anthology*, Seoul: Hanshin 1991.

Landow, George P. ed., *Hyper/Text/Theory*. Baltimore: Johns Hopkins University Press, 1994.

Lash, Scott. *Sociology of Postmodernism*, London: Routledge, 1990.

Lin, Jiann-guang. *Mapping Postmodern America: A Study of Don DeLillo's Later Novels*. Ph.D dissertation, State University of New York at Stony Brook, 2001.

Man, Paul de. *Blindness and Insight*, New York: Oxford University Press, 1971.

——. *The Resistance to Theory*, Minneapolis: University of Minnesota Press, 1986.

McCaffery, Larry. *The Metafictional Muse*, Pittsburgh: University of

Pittsburgh Press, 1982.

Miller, J. H. *The Ethics of Reading*, New York: Columbia University Press, 1987.

Osteen, Mark. *American Magic and Dread*. Philadelphia: University of Pennsylvania Press, 2000.

Pratt, Alan A. *Black Humor: Critical Essays*. New York: Garland Publishing Inc, 1993.

Rosenberg, Bernard and White, David. *Mass Culture Revisited*, Glencoe, II: The Free Press, 1957.

Ryan, Bryan ed., *Major 20$^{th}$-Century Writers*, Detroit and London: Gale Research Inc., 1991.

Santag, Susan. *Against Interpretation and Other Essays*. New York: Delta, 1966.

Waugh, Patricia. *Metafiction: The Theory and Practice of Self-Conscious Fiction*. London: Methuen, 1984.

White, Hayden. *Tropic of Discourse: Essays in Cultural Criticism*. Baltimore and London: The Johns Hopkins UP, 1978.

E·M·福斯特:《小说面面观》,方士人等译,上海:上海文艺出版社,1990年。

阿多诺:《否定的辩证法》,张峰译,重庆:重庆出版社,1993年。

艾伦·伍德、约翰·福斯特:《保卫历史:马克思主义与后现代主义》,郝名玮译,北京:社会科学文献出版社,2009年。

贝斯特、凯尔纳:《后现代理论》,张志斌译,北京:中央编译出版社,2004年。

本雅明:"拱廊计划:N",郭军译,《生产》第一辑,广西师范大学出版社,2004年。

波林·罗斯诺:《后现代主义与社会科学》,张国清译,上海:上海译文出版社,1998年。

程志民:《后现代哲学思潮概论》,北京:华夏翰林出版社,2005年。

戴维·洛奇:《小说的艺术》,卢丽安译,上海:上海译文出版社,2010年。

佛克马、伯顿斯编:《走向后现代主义》,王宁等译,北京:北京大学出版社,1991年。

高宣扬:《后现代论》,北京:中国人民大学出版社,2005年。

海登·怀特:《后现代历史叙事学》,陈永国、张万娟译,北京:中国社会科学出版社,2003年。

江宁康,"元小说:作者和文本的对话",见《外国文学评论》,1994年第3期。

——《美国当代文化阐释:全球化视野中的美国社会与文化变迁》,沈阳:辽宁教育出版社,2005年。

江怡编:《理性与启蒙:后现代经典文选》,北京:东方出版社,2004年。

金惠敏:"后现代主义在中国的过去和未来",见《求是学刊》,2001年第3期。

——《媒介的后果》,北京:人民出版社,2005年。

卡林内斯库:《现代性的五副面孔》,顾爱彬等译,北京:商务印书馆,2002年。

李维屏:《英美现代主义文学概观》,上海:上海外语教育出版社,1998年。

琳达·哈琴:《加拿大后现代主义——加拿大现代英语小说研究》,赵伐、郭昌瑜译,重庆:重庆出版社,1994年。

——《后现代主义诗学:历史·理论·小说》,李杨、李锋译,南京:南京大学出版社,2009年。

刘北成:《福柯思想肖像》,北京:北京师范大学出版社,1995年。

刘象愚等:《从现代主义到后现代主义》,高等教育出版社,2008年。

罗伯-格里耶:《未来小说之路》,见柳鸣九编选:《新小说派研究》,北京:中国社会科学出版社,1986年。

罗兰·巴特:《文之悦》,屠友祥译,上海:上海人民出版社,2008年。

马尔克斯:《两百年的孤独》,朱景东等译,昆明:云南人民出版社,1997年。

马汉广:《西方后现代文学文化研究》,哈尔滨:黑龙江大学出版社,2007年。

马原:"作家与书或我的书目",见《外国文学评论》,1991年第1期。

钱满素:《美国当代小说家论》,北京:中国社会科学出版社,1987年。

让-弗朗索瓦·利奥塔:《后现代状态:关于知识的报告》,车槿山译,北京:三联书店,1997年。

特里·伊格尔顿:《后现代主义的幻象》,华明译,北京:商务印书馆,2000年。

滕威:"博尔赫斯是'后现代主义'吗",见《江西社会科学》,2009年第1期,第114—120页。

王宁:《比较文学与当代文化批评》,北京:人民文学出版社,2000年,第248页。

王向远:"后现代主义文化语境中的中国文学和日本文学",见《国外文学》,1996年第1期。

——"日本后现代主义文学与村上春树",见《北京师范大学学报》,1994年第5期。

王治河主编:《后现代主义辞典》,北京:中央编译出版社,2004年。

王佐良、周珏良:《英国二十世纪文学史》,北京:外语教学与研究出版社,1994年。

谢建文:"德国文学中的后现代印痕",见《解放军外国语学院学报》,2005年第5期。

邢建昌:"对中国后现代主义文本的一种解读",见《当代文坛》,2000年第1期。

杨仁敬:《美国后现代派小说论》,青岛:海洋出版社,2004年。

虞建华:《二十部美国小说名著评析》,上海:上海外语教育出版社,1989年。

——《美国文学词典:作家与作品》,上海:复旦大学出版社,2005年。

约翰·费利普斯:"让·博德里亚论人的目的",载毕晓普等著,《博德里亚:追思与展望》,戴阿宝译。开封:河南大学出版社,2008年。

詹姆逊:《后现代主义与文化》,唐小兵译,西安:陕西师范大学出版社,1986年。

——《晚期资本主义的文化逻辑》,陈清侨等译,北京:三联书店,1997年。

张捷:"俄罗斯文学后现代主义思潮的起伏",见《文艺理论研究》,2010年第2期。

郑敏:《诗歌与哲学是近邻——结构—解构诗论》,北京:北京大学出版社,1999年。

周宪:《审美现代性》,北京,商务印书馆,2005年。

# 什么是后现代主义文学
## 术语汇览

| | |
|---|---|
| absence | 不在场 |
| against interpretation | 反对阐释 |
| alienation | 异化 |
| anarchy | 无序 |
| anti-culture | 反文化 |
| anti-essentialism | 反本质主义 |
| anti-form | 反形式 |
| anti-foundationalism | 反基础主义 |
| antihero | 反英雄 |
| antithesis | 对比 |
| authority/authenticity | 权威性/真实性 |
| autonomy | 自治 |
| avan-guard | 先锋派 |
| chance | 偶然性 |
| construction | 结构 |
| context | 语境 |
| decentering | 去中心化 |
| deconstruction | 解构 |
| decreation | 遏制创作 |
| dichotomy | 二元对立 |
| discourse | 话语 |
| différence | 延异 |

| | |
|---|---|
| dispersal | 扩散的 |
| desire | 欲望 |
| dissémination | 播撒 |
| double reading | 双重阅读 |
| double writing | 双重写作 |
| entropy | 熵 |
| exhaustion/silence | 枯竭/沉默 |
| genealogy | 系谱学 |
| historiographic metafiction | 编史元小说 |
| intertextuality | 互文性 |
| ideology | 意识形态 |
| immanence | 内在性 |
| implied reader | 隐含读者 |
| implied writer | 隐含作者 |
| incommensurability | 不可通约性 |
| indeterminacy | 不确定性 |
| indetermanence | 不确定内在性 |
| irony | 反讽 |
| irrationalism | 非理性主义 |
| late-capitalism | 晚期资本主义 |
| metafiction | 元小说 |
| metanarrative | 元叙述 |
| metaphysics of presence | 在场形而上学 |
| metonymy | 转喻 |
| misreading | 误读 |
| mutant | 变体 |
| New Historicism | 新历史主义 |
| nostalgia | 怀旧 |
| other(ness) | 他者(性) |
| pastiche | 拼贴 |
| parody | 戏仿 |

| | |
|---|---|
| paraphysics/Dadaism | 虚构解决说/达达主义 |
| participation | 参与 |
| parataxis | 并列结构 |
| play | 游戏 |
| polymorphous/androgynous | 同质异形/雌雄同体 |
| posthumanism | 后人道主义 |
| postindustrial society | 后工业社会 |
| poststructuralism | 后结构主义 |
| postmodernism | 后现代主义 |
| postmodernity | 后现代性 |
| presence | 在场 |
| process/performance/happening | 过程/演示/发生着 |
| representation | 再现 |
| rhetoric | 修辞 |
| schizophrenia | 精神分裂 |
| scriptable | 可写的 |
| self-reflexivity | 自我指涉性 |
| semiotic(s) | 符号学 |
| signified | 所指 |
| signifier | 能指 |
| simulacrum | 拟像 |
| solidarity | 协同性 |
| structuralism | 结构主义 |
| subject(ivity) | 主体(性) |
| surfiction | 超小说 |
| syntagm | 系统性体系 |
| text | 文本 |
| trace | 踪迹 |
| unthought | 未思 |